36
68

Jochen Till

Luzifer junior
Ein Dämon im Klassenzimmer

Alle Bände von Luzifer junior:

Band 1: Zu gut für die Hölle
Band 2: Ein teuflisch gutes Team
Band 3: Einmal Hölle und zurück
Band 4: Der Teufel ist los
Band 5: Ein höllischer Tausch
Band 6: Schule ist die Hölle
Band 7: Fiese schöne Welt
Band 8: Ein Geschenk der Hölle
Band 9: Ein Dämon im Klassenzimmer

Jochen Till

LUZIFER junior

Ein Dämon im Klassenzimmer

Mit Illustrationen von Raimund Frey

Band 9

Loewe

FSC
www.fsc.org
MIX
Papier aus verantwortungsvollen Quellen
FSC® C014496

ISBN 978-3-7432-0816-2
1. Auflage 2021

Dieses Werk wurde vermittelt durch die Agentur Brauer
Umschlag- und Innenillustrationen: Raimund Frey
Umschlaggestaltung: Michael Dietrich
Printed in the EU

www.luzifer-junior.de
www.loewe-verlag.de

Inhalt

Luzifer junior

Luzie genannt, Sohn des Teufels.
Wurde zu uns nach oben geschickt,
weil er zu lieb für die Hölle ist.
Kennt sich in der Oberwelt noch nicht gut aus.
Tarnname in St. Fidibus: Vitus von Turbsnatas.

Lilly

Nichte des Hausmeisters in St. Fidibus.
Luzies Zwillingsschwester, was die
beiden aber noch nicht lang wissen.
Hat das Temperament ihres Vaters geerbt.

Luzifer

Herrscher der Hölle.
Unbeherrscht, launenhaft, bösartig.
Zeigt in seltenen Fällen aber doch Herz,
wenn es um seine Kinder geht.

Steven

Luzifers Assistent.
Bringt die Hölle auf den
neuesten technischen Stand.
Liebt Äpfel, hasst Fenster.

Der Holzapfel

Luzies Klassenlehrer.
Verzweifelt oft an Luzies Unwissenheit.
Sehr geduldig und immer fair.

Cornibus

Luzies Hausdämon.
Kann sich in alle Tierarten
der Oberwelt verwandeln.
Sehr verfressen.

Aaron

Schüler in St. Fidibus.
Luzies Freund.
Hochintelligent.
Hat jede Menge Ticks.

Gustav

Schüler in St. Fidibus.
Luzies Freund.
Zuverlässig, hilfsbereit.
Ist mutiger, als er denkt.

»DAS KANN SO NICHT WEITERGEHEN, CHEF! SIE MÜSSEN DRINGEND ETWAS UNTERNEHMEN!«

Nie auf die Reihe

»Hihi. Du siehst aus wie ein explodierter Igel. Steht dir gut.«

»DAS IST NICHT WITZIG, CHEF! ICH WERDE GEMOBBT! UND ZWAR AUFS ÜBELSTE!«

»Natürlich wirst du gemobbt, Steven. Du bist in der Hölle, hier wird jeder gemobbt. Wir haben das Mobbing quasi erfunden. Also, *ich* habe das Mobbing quasi erfunden. Und es ist mir offenbar sehr gut gelungen, wie man an dir sieht.«

»JA, WIRKLICH, GANZ GROSSARTIG, CHEF! VIELEN DANK AUCH! ABER WIR SOLLTEN DIE INSASSEN MOBBEN, NICHT DIE MITARBEITER!«

»Ach, Insassen, Mitarbeiter, die Grenzen sind doch fließend hier unten.«

»ABER MOBBING IST EINE STRAFTAT! UND ZWAR VÖLLIG ZU RECHT! WENN OBEN JEMAND ANDERE MOBBT, KOMMT ER ZUR STRAFE SPÄTER ZU UNS RUNTER! ODER WOFÜR HABEN WIR SONST ABTEILUNG 18? DA SITZEN DOCH DIE

MIESEN MOBBER! DIE WERDEN DOCH NICHT UMSONST PAUSENLOS BELEIDIGT UND VERKLOPPT! DAS MUSS HIER UNTEN AUCH GELTEN! ICH FORDERE GERECHTIGKEIT!«

»Haha, der war gut! Gerechtigkeit! In der Hölle! Da bist du im falschen Stockwerk. Für Gerechtigkeit sind die ganz oben zuständig. Und selbst die kriegen das so gut wie nie auf die Reihe.«

»DANN MÜSSEN SIE EBEN ETWAS MACHEN, CHEF! REISSEN SIE IHNEN DIE KÖPFE AB! ODER LASSEN SIE DIESE MISTKERLE EXPLODIEREN!«

»Jetzt beruhig dich doch erst mal und erzähl mir in aller Ruhe, was genau passiert ist. Völlig grundlos reiße ich nämlich keine Köpfe ab. Oder doch. Das mache ich schon manchmal. Aber nur zum Spaß. Nicht, um jemanden zu bestrafen. Das wäre ja Arbeit. Und du weißt, ich mag keine Arbeit.«

»Ja, das weiß ich. Ich mag meine Arbeit aber sehr gern. Und genau darum geht es. Ich tüftele gerade an einer neuen Erfindung, für die ich Testpersonen brauche. Darum bin ich vorhin in die Cafeteria gegangen, um zu fragen, ob jemand Lust hätte, mir zu helfen. Keine Minute später sah ich so aus wie jetzt. Einer der Feuerdämonen hat mich sogar angerülpst und dabei fast meinen Kopf abgefackelt!«

»Haha! Alles klar! Jetzt wundert mich nichts mehr!«

»Wie meinen Sie das, Chef?«

»Na, du hast doch nicht im Ernst erwartet, dass sich noch irgendjemand freiwillig als Versuchskaninchen für eine deiner seltsamen Konstruktionen zur Verfügung stellt. Wenn du *mich* gefragt hättest, hätte ich dir sofort den Kopf abgerissen.«

»Aber wieso denn? Meine Erfindungen sind allesamt bahnbrechend und technisch einwandfrei.«

»Ja, wenn sie fertig sind. In der Testphase sind sie allerdings gemeingefährliche Todesfallen. Wie viele Dämonen sind beim Ausprobieren deines komischen Ei-Dingsbums draufgegangen?«

»Sie meinen das Ei-Boot? Ach, das waren doch nur zwei sehr bedauerliche Unfälle.«

»Du meinst wohl eher *siebzehn* bedauerliche Unfälle.«

»Von denen mindestens vier selbst verschuldet waren, weil die Testdämonen falsch abgebogen sind. Und zwei sind nach wie vor mit dem Prototyp verschollen, das zählt also nicht, sie könnten noch leben.«

»Ja, genau. So wie die dreihundertachtundsiebzig Dämonen, die bei der Entwicklung deiner Bio-Teer-Maschine explodiert sind.«

»Aber das war doch nicht meine Schuld. Ich hatte ausdrücklich gesagt, sie sollen langsam trinken. Die Maschine funktioniert heute übrigens einwandfrei, jetzt explodiert nur noch jeder Zehnte.«

»Ein schwacher Trost für jeden Zehnten. Und alle anderen sind natürlich wenig motiviert, wenn sie bei einem deiner Experimente mitmachen sollen. Du bist selbst dran schuld, wenn du in der Cafeteria durchlöchert wirst. Was genau erfindest du denn da eigentlich gerade schon wieder?«

»Das wird erst verraten, wenn es fertig ist. Es wird auf jeden Fall die spektakulärste Erfindung, die die Unterwelt jemals gesehen hat.«

»Falls du nicht vorher explodierst. So wie ich das sehe, bleibt dir nämlich nichts anderes übrig, als selbst Versuchskaninchen zu spielen.«

»Tja, das muss ich dann wohl oder übel. Es sei denn, *Sie* würden sich eventuell zur Verfügung stellen?«

»Das könnte ich natürlich machen. Ich könnte dir aber stattdessen auch gleich jetzt und hier den Kopf abreißen. Das würde uns beiden viel Zeit und Ärger ersparen. Und Zeit habe ich für deinen Firlefanz sowieso nicht. Falls es dir noch nicht aufgefallen ist: Ich bin beschäftigt.«

»Äh … ja, das sehe ich. Und ich frage mich schon die ganze Zeit, was genau Sie da eigentlich mit Ihrem kleinen Keinhorn machen?«

»Ach, irgendwie tat es mir jetzt doch leid, dass ich Fauxpas' Horn abgesägt habe. Er guckte irgendwie so unglücklich heute Morgen und da dachte ich, ich versuche mal, einen Ersatz zu basteln, vielleicht muntert ihn das ja wieder auf.«

»Also, aufgemuntert guckt er jetzt nicht gerade. Würde ich aber auch nicht, wenn Sie mir eine Klobürste auf die Stirn kleben würden.«

»Was denn? Das sieht doch todschick aus! Allerdings hält der Kleber nicht so gut, ich probier's mal mit dem Tacker, das könnte … HEY! FAUXPAS! WO WILLST DU DENN … HALT

IHN FEST, STEVEN! LASS IHN NICHT ENTWISCH… VERDAMMT! DU HAST DIE TÜR AUFGELASSEN, STEVEN! WIE OFT HABE ICH DIR SCHON GESAGT, DU SOLLST DIE VERDAMMTE TÜR ZUMACHEN, WENN DU HIER REINKOMMST?«

»Äh … noch nie, Chef.«

»HUNDERTTAUSEND HEULENDE HÖLLENHUNDE! JETZT KANN ICH DIE GESAMTE HÖLLE NACH DIESEM KLEINEN RACKER ABSUCHEN!«

»Hihi. Das passiert Luzie mit Cornibus auch immer wieder, Chef.«

»DAS IST ABER AUCH NUR LUSTIG, WENN ES LUZIE PASSIERT, UND NÜTZT MIR SOMIT GERADE HERZLICH WENIG! LOS, DU HILFST MIR SUCHEN!«

»Aber, Chef, ich würde jetzt eigentlich gern an meiner Erfindung weiterarbeiten.«

»ACH SO, WÜRDEST DU DAS GERN? HANDELT ES SICH BEI DEINER ERFINDUNG ZUFÄLLIG UM EINE MASCHINE, DIE ENTLAUFENE KEINHÖRNER AUFSPÜREN KANN?«

»Äh, nein, Chef.«

»DANN WEISST DU, WO DU SIE DIR HINSTECKEN KANNST, BIS WIR FAUXPAS GEFUNDEN HABEN! LOS, ABMARSCH!«

Schweißzapfen

»Hatschi!«

Wie bitte? Was war das?

»Haaaaaatschi!«

Komisches Geräusch. Hab ich noch nie gehört. Wo bin ich überhaupt?

»HAAAAAATSCHI!«

Ja, ist ja gut, nicht so laut, ich schlafe noch. Oder eher nicht. Okay, dieses Geräusch hat mich offenbar geweckt. Und ich liege in meinem Bett in St. Fidibus. Stimmt, gestern war unser Geburtstag. Wir haben noch ziemlich lang bei Lilly drüben gefeiert, das war echt schön. Es gab Kuchen und wir haben lustige Spiele gespielt, bis Herr Rosenberg uns um zehn Uhr rausgeschmissen hat, weil wir heute früh aufstehen und in den Unterricht gehen müssen. Deshalb habe ich vor dem Einschlafen extra noch meinen Wecker gestellt.

»HATSCHI! HATSCHI! HATSCHI!«

Ist das etwa mein Wecker, der diese seltsamen Geräusche macht? Das wäre neu.

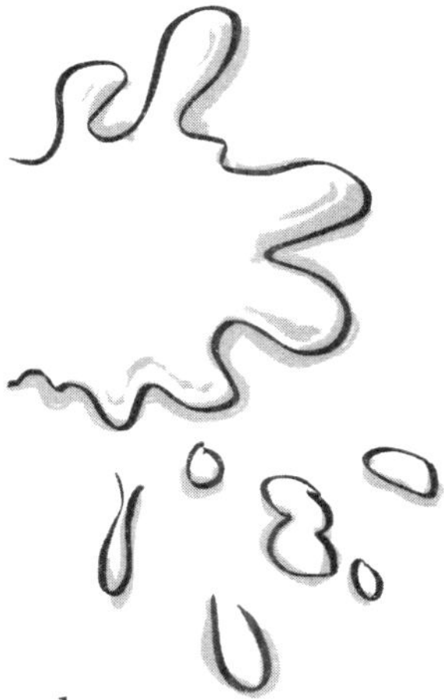

»HAAAAAAATSCHI!«

Irgendetwas Feuchtes klatscht in mein Gesicht. Ich greife an meine Stirn. Das Zeug ist glibberig. Nein, das ist definitiv nicht mein Wecker.

Ich öffne die Augen und sehe Cornibus. Er sitzt auf meiner Brust und macht ein komisches Gesicht.

»HA ... HA ... HAAAAAATSCHI!«

Etwas Grünes fliegt aus seinem Mund und klatscht an meine linke Wange. Ich greife danach, es fühlt sich glibberig an.

»Kannst du mir mal verraten, was das soll, Cornibus?«, frage ich.

»Cornibus nicht wissen«, antwortet er weinerlich. »Cornibus aufgewacht. Kopf wie Matsche. Nase verpropft. Grüner Schleim lustig. Cornibus trotzdem Angst. Luzie Cornibus helfen?«

»Oje, du Armer. Das ist ja seltsam.«

Ich schnuppere an dem grünen Glibberzeug an meinen Fingern, es riecht nach nichts.

»Was ist das denn? Hast du das gestern aus der Hölle mitgebracht?«

»Nicht aus Hölle. Cornibus' Nase Schleim selbst gemacht. Aber nicht gefragt, ob Nase das darf. HA ... HA ... HA ... HATSCHI!«

Und wieder klatscht eine Ladung des grünen Zeugs in mein Gesicht.

»Jetzt hör doch mal auf damit. Das ist eklig.«

»Cornibus nicht Schlappsicht macht. Schleim schießt wie Pistole ganz allein.«

»Absicht. Das heißt Absicht, Cornibus. Und das Geräusch, das du machst, ist tatsächlich fast so laut wie eine Pistole. Geht das nicht leiser?«

»Geräusch auch nicht Schlappsicht. Kritzelt in Nase, dann Explosion. Cornibus kann nicht stoppen.«

»Das ist ja echt seltsam. Was machen wir denn da?«

»Vielleicht Schlotzolade gut? Schlotzolade immer gut. Für alles.«

»Aha, darauf hast du es abgesehen«, sage ich lachend. »Aber okay, irgendwas stimmt nicht mit dir. Und vielleicht kann Schokolade da wirklich helfen, einen Versuch ist es wert.«

Ich krame eine Tafel Schokolade aus meinem Nachttisch, wickle sie aus und lege einen Riegel vor Cornibus auf meiner Brust ab. Er greift sofort zu, stopft sich die Schokolade in den Mund und beginnt, genüsslich zu kauen. Der Genuss scheint allerdings nicht lang anzuhalten, denn sein Blick beim Kauen wird immer skeptischer.

»Schlotzolade kaputt«, sagt er schließlich enttäuscht. »Kein Geschmeck. Wie Luft.«

»Das heißt Geschmack, Cornibus«, verbessere ich ihn. »Warte, lass mich mal probieren.«

Ich schiebe mir ein Stück Schokolade in den Mund, es schmeckt lecker wie immer.

»Nein, die Schokolade ist nicht kaputt«, sage ich. »Mit der ist alles in Ordnung.«

»Dann Cornibus kaputt?«, fragt er und kleine Tränen steigen in seine Augen. »Cornibus nicht will kaputt sein. Luzie Cornibus unkaputt machen?«

Ich richte mich im Bett auf und drücke ihn ganz fest an mich.

»Keine Sorge, das kriegen wir bestimmt wieder hin«, sage ich und streichle ihn. »Ich frage nachher Aaron, der guckt sich das mal an. Er weiß ganz bestimmt, was mit dir los ist. Aaron weiß nämlich fast alles. Er wird …«

»HAAAAAAAATSCHI!«

Na super. Jetzt hat mich die volle Ladung erwischt. Grüner Schleim tropft von meiner Nase und läuft an meinem Kinn herunter.

»Tschuldibung«, sagt Cornibus.

»Nicht schlimm«, sage ich und wische mit der Bettdecke über mein Gesicht. »Aber vielleicht sollte ich Aaron doch besser sofort holen.«

Ich stehe auf und setze Cornibus auf meinem Kissen ab.

»Bleib schön da sitzen«, sage ich. »Ich bin gleich wieder zurück.«

Ich verlasse mein Zimmer und klopfe an die Tür gegenüber.

»Moment!«, ertönt Aarons Stimme von drinnen. »Ich bin noch nicht fertig! Fertig!«

Ach ja, Aaron muss ja morgens immer jede Menge seiner Ticks erfüllen. Er hat mir mal erklärt, was er alles machen muss, bevor er sein Zimmer verlassen kann. Zehnmal im Kreis laufen, zwölfmal mit beiden Händen auf seinen Schreibtisch klopfen, achtzehnmal in den Spiegel gucken und was weiß ich noch alles, das kann sich niemand außer Aaron merken.

Eine ganze Weile später öffnet sich die Tür.

»Ah, Luzie, du bist's«, stellt er fest. »Verzeihung, dass es so lang gedauert hat. Heute ist Mittwoch. Ich musste noch achtundvierzigmal mein Kopfkissen wenden. Was machst du denn so früh schon hier? Ist alles in Ordnung? Kann ich dir irgendwie helfen? Helfen?«

»Mir nicht«, antworte ich. »Aber Cornibus hoffentlich. Irgendwas stimmt mit ihm nicht. Kannst du ihn dir bitte mal kurz angucken?«

»Natürlich, gern«, sagt Aaron. »Ich muss nur noch kurz meine Schuhe anziehen und sie links beginnend achtmal binden. Binden.«

Fünf Minuten später betreten wir gemeinsam mein Zimmer. Mein erster Blick gilt meinem Kissen – kein Cornibus zu sehen.

»Wo ist er denn?«, fragt Aaron. »Hat er sich versteckt? Oder verwandelt? Verwandelt?«

»Keine Ahnung«, sage ich. »Eigentlich hatte ich ihm gesagt, er soll auf meinem Kissen …«

»HATSCHI!«, erklingt es plötzlich gedämpft aus Richtung des Betts.

»War das Cornibus? Cornibus?«, fragt Aaron.

Ich nicke. Wir gehen näher an das Bett heran. Meine Bettdecke wackelt.

»HATSCHI!«, ertönt es erneut.

Ich ziehe an der Bettdecke, darunter erscheint Cornibus, sein ganzer kleiner Körper zittert wie verrückt.

»Wieso versteckst du dich denn?«, frage ich. »Ich habe doch gesagt, ich bin gleich wieder da.«

»C-C-C-C-ornib-b-b-bus n-n-n-icht v-v-versteckt«, antwortet er mit klappernden Zähnen. »C-C-C-C-Cornibus auf einmal k-k-k-k-kalt wie Schweißzapfen. HATSCHI!«

»Eiszapfen«, verbessere ich ihn und wende mich an Aaron. »Das mit dem Zittern ist neu. Aber dieses laute Geräusch macht er die ganze Zeit, ich bin sogar davon aufgewacht. Und seine Nase ist verstopft, sagt er. Und er spuckt ständig grünen Schleim in der Gegend herum.«

»Seine Nase ist verstopft?«, fragt Aaron verwundert. »Ich wusste gar nicht, dass er eine Nase hat. Nase hat.«

»Doch, doch«, sage ich. »Sie ist nur sehr flach, man sieht sie unter seinem Fell nicht.«

»Ach so, interessant«, sagt Aaron. »Dann ist es ganz eindeutig: Er hat sich einen Schnupfen eingefangen. Eingefangen.«

Schnupfen? Das habe ich schon

einmal gehört. Als wir bei Oma waren. Und in meinem Handbuch stand das Wort auch schon mal bei einem der Sprüche. Aber in beiden Fällen wollte ich nicht wieder als dumm dastehen, weil ich irgendwelche Wörter nicht kenne, deshalb habe ich nicht nachgefragt. Das muss ich jetzt aber wohl doch machen.

»Einen Schnupfen? Wer oder was ist das?«

»Ein Schnupfen ist eine Infektionskrankheit, ausgelöst durch Viren oder Bakterien«, erklärt Aaron. »Der grüne Schleim lässt auf Bakterien schließen. Schließen.«

»Okay. Und was sind Bakterien?«

»Bakterien sind winzig kleine Lebewesen. Allein auf deinem Körper befinden sich ungefähr eine Billion davon. Wobei, so selten, wie du duschst, sind es wahrscheinlich eher zwei Billionen. Die meisten Bakterien sind sehr nützlich und harmlos, aber es gibt eben auch welche, die Krankheiten hervorrufen. In Cornibus' Fall ist das ein Schnupfen. Schnupfen.«

Wie bitte, was? Da sind zwei Billionen kleine Viecher auf mir? Wo denn?

»Igitt! Das ist ja gruselig!«, rufe ich und fange an, hektisch über meine Haut zu streichen und mich zu schütteln.

»Die wirst du so nicht los«, sagt Aaron lachend. »Aber das musst du auch gar nicht. Wie gesagt, die meisten davon sind hilfreich und für Menschen sogar überlebensnotwendig. Du müsstest dich eher gruseln, wenn du keine Bakterien auf dir hättest. Hättest.«

»Okay«, sage ich und atme erleichtert auf. »Aber wie wird man denn dann die *bösen* Bakterien los? Also die, die Cornibus diesen Schnupfen verpasst haben.«

»C-C-C-Cornibus Kackterien f-f-f-fressen. Dann nicht mehr b-b-b-böse«, sagt Cornibus schlotternd.

»Genau das ist ja leider das Problem, Cornibus«, sagt Aaron. »Du hast die Bakterien schon in dir. In dir.«

»Und wie kriegen wir sie wieder aus ihm raus?«, will ich wissen.

»Da hilft leider nichts außer aussitzen«, antwortet Aaron. »So ein Schnupfen erledigt sich normalerweise nach ein paar Tagen von selbst. Von selbst.«

»Ein paar Tage? So lang schleimt und zittert und hatschiet er jetzt rum?«

»Das nennt man Niesen«, erklärt Aaron. »Die Symptome werden langsam besser. Das Zittern sollte am schnellsten vorbeigehen. Am besten, er bleibt im Bett. Er muss viel schwitzen und ganz viel trinken, das hilft. Hat er denn Fieber? Fieber?«

Er legt eine Hand auf Cornibus' Kopf und lässt sie für eine kurze Weile dort liegen.

»Nein, das fühlt sich an wie immer«, sagt er schließlich. »Also, bleib schön im Bett, Cornibus. Dann geht es dir in ein paar Tagen wieder gut. Wieder gut.«

»HNNNNNNGGGG!«, stöhnt Cornibus plötzlich los und macht ein sehr angestrengtes Gesicht dabei. »HNNNNNNGGG!«

»Alles okay, Cornibus?«, frage ich besorgt.

»Cornibus verwandeln in Maus. Maus ganz klein. Kleiner Kopf. Kleine Nase. Kleiner wehtut. HNNNNNGGGGG!«

Er kneift die Augen ganz fest zusammen, seine Füße krallen sich krampfhaft in die Bettdecke, aber es passiert nichts. Schließlich gibt er schwer keuchend auf.

»Cornibus ... nicht verwandeln«, sagt er weinerlich. »Keine ... Kraft. Cornibus kaputt. Buhuhuuuu!«

»Oje, du Armer«, sagt Aaron und nimmt ihn auf den Arm. »Das muss sich ganz schrecklich anfühlen. Aber es geht vorbei, versprochen. Versprochen.«

Er krault Cornibus sanft am Hinterkopf.

»HAAAAATSCHI!«

Im nächsten Augenblick ist Aarons T-Shirt in Brusthöhe plötzlich nicht mehr weiß, sondern giftgrün.

»Tschuldibung«, krächzt Cornibus.

»Nicht schlimm«, sagt Aaron. »Jetzt muss ich mich allerdings vor dem Unterricht noch mal umziehen. Luzie, wir sehen uns dann ja gleich beim Frühstück. Frühstück.«

Er setzt Cornibus wieder auf dem Bett ab.

»Gute Besserung, Cornibus. Cornibus«, sagt er noch, dann verlässt er das Zimmer.

»Okay, Cornibus«, sage ich und decke ihn behutsam zu. »Ich muss dann auch gleich runter. Du bleibst brav hier im Bett. Ich bringe dir nachher was zu essen mit.«

»Cornibus nicht essen«, stöhnt er. »Kein Happetit.«

»Appetit«, verbessere ich ihn. »Und spätestens jetzt weiß ich, dass du wirklich krank bist. Dass du nichts essen willst, habe ich tatsächlich noch nie erlebt. Ich lasse dir trotzdem die Schokolade hier liegen. Ruh dich schön aus. Wenn ich es schaffe, gucke ich nachher in der Pause kurz nach dir, okay?«

»Dann Cornibus tot«, sagt er mit kläglicher Stimme.

»Nein, ganz sicher nicht, Cornibus«, erwidere ich. »Du hast schon ganz andere Sachen überlebt, so ein dämlicher Schnupfen ist ein Klacks für dich.«

Zumindest hoffe ich das. Ein bisschen Sorgen mache ich mir aber schon. Bei uns in der Hölle gibt es keine Krankheiten und ich weiß nicht, wie ein Hausdämon auf diese komischen oberirdischen Bakteriendinger reagiert.

»Bis später, Cornibus«, sage ich und gehe langsam in Richtung Tür. »Sei tapfer. Alles wird gut.«

Als ich mich noch einmal zu ihm umdrehe, sind seine Augen geschlossen und ein rasselndes Geräusch kommt aus seiner Nase. Sehr gut, er schläft. Schlafen kann nie schaden. Hoffentlich geht es ihm besser, wenn ich wiederkomme.

Nicht aus dem Hintern

»Kann man von einem Schnupfen sterben?«, frage ich Gustav.

Wir stehen in der Schlange an der Essenausgabe, Gustav ist vor mir.

»Wieso?«, erwidert er. »Hast du dich erkältet?«

Erkältet? Was ist das denn jetzt schon wieder?

»Nein«, antworte ich. »Mir ist eigentlich schön warm. Aber was hat das mit meiner Frage zu tun?«

»Na ja, wenn man Schnupfen hat, hat man normalerweise eine Erkältung«, antwortet Gustav.

Aha. Und was soll das sein? Manchmal wird mein Kakao morgens kalt, wenn ich vergesse, ihn zu trinken. Hat der sich dann erkältet? Oder wenn die Hölle zufriert. Davor hat Papa ja immer Angst. Hat die Hölle dann eine Erkältung? Oder Schnupfen? Oder beides? Kapier ich nicht. Egal.

»Also, ich habe keinen Schnupfen und auch keine Erkältung«, sage ich. »Aber Cornibus.«

»Oje, der Arme«, sagt Gustav. »Das ist nicht schön.

Aber daran stirbt man nicht, ich war schon ganz oft erkältet. Mach dir keine Sorgen, in ein paar Tagen ist er wieder fit.«

Okay, das beruhigt mich erst mal.

Die Schlange bewegt sich vorwärts, Gustav nimmt sein Tablett mit dem Frühstück entgegen.

»Vegetarisch, bitte«, sage ich, als ich an der Reihe bin.

Eigentlich sollte man ja denken, die Frau an der Essenausgabe könnte sich im Laufe der Zeit mal gemerkt haben, dass ich keine Tiere esse, hat sie aber nicht. Ich muss es jedes Mal wieder sagen.

»Und kann ich vielleicht eine Extrascheibe Brot haben?«, frage ich. »Ich habe wirklich großen Hunger.«

Habe ich nicht. Aber ich möchte Cornibus nachher gern etwas mitbringen und er mag Brot, vor allem mit Marmelade.

Die Frau sieht mich skeptisch an, ich setze mein allerfreundlichstes Lächeln auf. Das funktioniert hier oben fast immer, wenn man etwas will. Wenn bei uns unten jemand so lächelt, lässt Papa ihn sofort explodieren. In der Hölle darf nur fies oder hämisch oder verletzend gelacht, aber niemals freundlich gelächelt werden, darauf legt Papa sehr viel Wert.

»Na gut, ausnahmsweise«, sagt die Frau hinter dem Tresen und legt eine Extrascheibe Brot auf mein Tablett.

»Und vielleicht noch ein bisschen Marmelade?«, lächle ich hinterher.

»Übertreib's nicht«, brummt die Frau, aber ich kriege die Marmelade.

Als ich gerade nach dem Tablett greife, lässt mich ein lautes Scheppern erschreckt zusammenzucken. Im nächsten Moment ertönt hämisches Gelächter im Saal. Ich gucke in die Richtung, aus der das Scheppern gekommen ist. Ein paar

Schritte von mir entfernt liegt Gustav flach auf dem Boden, sein Tablett liegt drei Meter vor ihm, umringt von den Scherben des Geschirrs.

»Oje!«, rufe ich und stürze zu ihm. »Gustav! Was ist denn passiert? Geht's dir gut?«

»Äh … ja, denke schon«, antwortet er verdutzt und rappelt sich auf.

Er schaut sich argwöhnisch um und fängt an, die

Scherben einzusammeln, ich helfe ihm dabei. Das Gelächter lässt langsam nach.

»Wie ist denn das passiert?«, frage ich. »Bist du über deine Füße gestolpert? Das habe ich auch schon mal geschafft.«

»Nicht über meine eigenen«, brummt Gustav. »Jemand hat mir ein Bein gestellt.«

Oh, das kenne ich, das ist fies. Damit werden bei uns unten die Schamlosen Schadenfrohen in Abteilung 56 bestraft. Die müssen mit dreißig vollen Champagnergläsern in einer Hand über einen Schwebebalken balancieren und kriegen dabei immer wieder ein Bein gestellt. Und die Gläser, die kaputtgehen, müssen sie dann essen. Das blüht denen, die hier eben gerade gelacht haben, dann auch.

»Echt? Wer denn?«, frage ich Gustav.

»Das ist ja das Seltsame«, antwortet er. »Der Einzige, der zu diesem Zeitpunkt nah genug an mir dran war, ist der Holzapfel.«

Wie bitte, was? Der Holzapfel? Ich drehe mich möglichst unauffällig um. Tatsache, er steht nur wenige Schritte von uns entfernt und dreht uns den Rücken zu.

»Bist du sicher?«, frage ich. »Ich meine, das ist ein Lehrer. Lehrer machen so was doch nicht, oder?«

»Ich kann es mir eigentlich nicht vorstellen«, sagt Gustav. »Deshalb ist es ja so seltsam. Wieso sollte der

Holzapfel mir ein Bein stellen? Ich habe ihm doch nichts getan. Das ergibt überhaupt keinen Sinn.«

»Nein, irgendwie nicht. Vielleicht war es doch jemand anders und du hast ihn bloß nicht gesehen?«

»Ja, wahrscheinlich.«

Wir sammeln den Rest der Scherben zusammen. Gustav bringt das Tablett zurück an die Ausgabe und holt sich ein neues. Ich warte auf ihn, dann gehen wir zusammen zu unseren Plätzen, wo Aaron bereits auf uns wartet.

»Was war denn da los?«, fragt er. »Ich konnte es von hier aus nicht richtig sehen. Ist dir was runtergefallen? Runtergefallen?«

»Nein«, brummt Gustav, während er sich setzt.

»Ihm wurde ein Bein gestellt«, erkläre ich und setze mich auch.

»Sauerei«, sagt Aaron. »So was macht man nicht, das ist gefährlich. Hast du dir wehgetan? Wehgetan?«

»Geht schon«, brummelt Gustav. »Ich wüsste allerdings gern, wer das war.«

»Er dachte erst, es wäre der Holzapfel«, erkläre ich.

»Der Holzapfel?«, wundert sich Aaron. »Aber wieso sollte der dir denn ein Bein stellen? Bein stellen?«

»Genau das ist die Frage«, sagt Gustav. »Ich habe ja auch keine Erklärung dafür. Aber er …«

Ein lautes Bimmeln unterbricht ihn. Ah, es ist mal

wieder Zeit für die allmorgendliche und immer gleiche Ansprache von Direktor Hasenfuß – ich kann sie fast schon auswendig.

»Einen wunderschönen guten Morgen, liebe Schüler!«, beginnt er. »Ich hoffe, ihr habt gut geschlafen und seid alle bereit für einen Vormittag gefüllt mit neuem Wissen! Bevor ihr aber …«

»LANGWEILIG!«, unterbricht ihn plötzlich eine Stimme.

Oha! Wer war das denn? So etwas hat hier noch niemand gewagt, zumindest nicht, seit ich hier bin.

Ein Raunen geht durch den Saal. Alle schauen sich suchend um, wir auch, aber der Zwischenrufer ist nicht auszumachen.

Hasenfuß blickt auch kurz irritiert um sich, dann räuspert er sich und redet weiter.

»Ähm … Also … Wo war ich? Ach, ja … Bevor ihr aber euren Hunger nach geistiger Nahrung stillt, muss …«

»LAAAAANGWEILIG!«, unterbricht ihn erneut diese Stimme.

Verhaltenes Gekicher breitet sich im Saal aus. Hasenfuß dreht sich ruckartig um. War die Stimme nicht von dort gekommen? Aber hinter Hasenfuß sitzen nur Lehrer. Und Lehrer machen solche Witzchen normalerweise nicht. Seltsam.

»Hat irgendjemand der Damen und Herren Kollegen hier plötzlich etwas an meiner Morgenansprache auszusetzen?«, fragt der Hasenfuß sichtlich irritiert.

Er erhält ein allgemeines Murmeln als Antwort.

»Nun gut … Äh … Also …«, fährt er irritiert fort. »Bevor ihr euren Wissensdurst stillt, muss zuerst euer Körper gestärkt werden. Ich wünsche euch einen guten Appetit und einen lehrreichen Tag!«

»PFFFFFRRRRRRT!«

Das war ein Furzgeräusch. Also, nicht aus dem Hintern, sondern eins, das man mit dem Mund macht. Jetzt brechen alle Dämme, der komplette Saal explodiert vor Lachen.

Hasenfuß wirft einen strengen Blick nach hinten zu den Lehrern, dann setzt er sich kopfschüttelnd auf seinen Platz.

Gustav beugt sich verschwörerisch zu uns vor.

»Das war der Holzapfel!«, zischt er uns zu.

»Was? Quatsch«, erwidere ich. »So was würde er nie machen.«

»Ich halte das auch für sehr unwahrscheinlich. Unwahrscheinlich«, stimmt Aaron mir zu.

»Doch, ich schwör's euch!«, bekräftigt Gustav. »Ich habe ihn beobachtet, als der Furz kam! Er hat sich die Hand vor den Mund gehalten und danach hat er gegrinst! Ich hab's genau gesehen!«

»Na ja, in dem Moment haben hier ja alle gegrinst«, sage ich. »Das ist kein Beweis dafür, dass er es war.«

»Vielleicht hat er nur gegähnt«, sagt Aaron. »Da hält man sich auch die Hand vor den Mund. Mund.«

»Genau«, sage ich. »Ich kann mir einfach nicht vorstellen, dass der Holzapfel so was macht. Er ist ein Lehrer. Lehrer benehmen sich doch nicht so.«

»Ich kann mir das ja auch nicht erklären«, erwidert Gustav. »Aber es ist so. Er war es, der mir ein Bein gestellt hat, und das mit dem Reinrufen und dem Rumfurzen war er auch. Glaubt mir, irgendwas stimmt mit dem Holzapfel nicht.«

»Wie gesagt, ich halte das für sehr unwahrscheinlich«, sagt Aaron. »Aber wir haben ja gleich Unterricht bei ihm. Falls er da auch Furzgeräusche von sich gibt, hast du vielleicht doch recht. Doch recht.«

Also, ich glaube das nicht. Gustav bildet sich das ganz sicher nur ein. Der Holzapfel ist selbst viel zu langweilig, um anderen Langweiligkeit vorzuwerfen. Und ein Furzgeräusch hat der ganz sicher auch noch nie im Leben gemacht. Ich habe noch nie einen Lehrer furzen gehört. Weder mit dem Mund noch mit dem Hintern.

»Sagt mal, können Lehrer überhaupt furzen?«, frage ich.

Gustav spuckt den Schluck Kakao, den er gerade getrunken hat, quer über den Tisch auf Aarons T-Shirt und fängt an, laut zu lachen.

»Na super«, seufzt Aaron. »Jetzt muss ich mich schon wieder umziehen. Umziehen.«

Dann fängt er aber auch an zu lachen. Warum genau, weiß ich nicht, aber ich lache einfach mit.

Mit Pauken und Trompeten

Als wir eine halbe Stunde später pünktlich unseren Klassenraum betreten, ist der Holzapfel noch nicht da. Seltsam – er ist noch nie zu spät zum Unterricht gekommen.

»Ich sag's doch«, sagt Gustav, als wir uns auf unsere Plätze setzen. »Mit dem stimmt irgendwas nicht.«

»Abwarten«, sagt Aaron. »Für eine Verspätung kann es viele Erklärungen geben. Vielleicht hat ihm jemand Kakao aufs T-Shirt gespuckt und er musste sich noch mal umziehen. Umziehen.«

»Tut mir echt sehr leid, Aaron«, sagt Gustav. »Aber genau genommen ist das eigentlich Luzies Schuld. Wenn er nicht diese bescheuerte Frage gestellt hätte, wäre das nicht passiert.«

»Schieb's nicht auf mich«, erwidere ich. »Das war dein Kakao und er kam aus deinem Mund. Wenn du deine Gesichtsmuskeln nicht unter Kontrolle hast, kann ich doch nichts dafür. Und meine Frage habt ihr übrigens immer noch nicht beantwortet.«

»Ach so, die war ernst gemeint?«, sagt Gustav lachend.

»Das ist ja noch besser! Gut, dass ich gerade keinen Kakao im Mund habe!«

Er lacht eine ganze Weile lang schallend, aber diesmal lachen wir nicht mit.

»Um deine Frage zu beantworten, Vitus«, sagt Aaron schließlich. »Natürlich haben Lehrer auch Flatulenzen. Jeder Mensch hat Flatulenzen, das ist ein ganz normaler, natürlicher Vorgang. Vorgang.«

Aha, okay, interessant. Jetzt müsste ich nur noch wissen, was Flatulenzen sind und was sie mit meiner Frage zu tun haben. Gehört habe ich das Wort schon. Bei uns unten in Abteilung 70 sitzen die Öffentlichen Flatulenzer. Ich habe aber nie nachgefragt, was sie eigentlich angestellt haben, weil ich das Wort nicht kannte.

»Flatulenzen?«, hake ich deshalb bei Aaron nach.

»So nennt man die Darmgase, die sich im Körper ansammeln und dann entweichen«, erklärt Aaron. »Beim Austritt entstehen oftmals jene Geräusche, die umgangssprachlich als Fürze bezeichnet werden. Werden.«

Ach so. Alles klar. Dann verstehe ich jetzt auch die Bestrafung in Abteilung 70. Die kriegen alle einen Korken in den Hintern gestopft und müssen den ganzen Tag verdorbene Bohnen essen. Manche explodieren irgendwann einfach und die anderen machen die ganze Zeit Furzgeräusche mit dem Mund – die sind dann aber wohl nicht absichtlich, wie ich immer dachte.

»Okay, danke für die Erklärung«, sage ich, als plötzlich die Tür auffliegt und donnernd gegen die Wand kracht.

Wir zucken alle erschreckt zusammen und sehen, wie der Holzapfel den Raum betritt.

»Hey-ho, ihr Luschen!«, ruft er uns grinsend zu. »Wartet ihr auf jemanden?«

»Auf Sie, Herr Holzapfel«, sagt Finn, unser Klassensprecher.

»Dann wart ihr wohl zu früh hier«, erwidert der Holzapfel. »Selbst dran schuld.«

Er geht hinter sein Pult und öffnet den Rollkoffer, den er hinter sich hergezogen hat.

»Ich soll euch Spatzenhirnen also etwas beibringen«, sagt er, während er einen Toaster und andere elektrische Geräte aus dem Koffer auf dem Pult verteilt. »Was ist denn heute dran?«

»Äh … Mathematik«, antwortet Finn irritiert.

»Ach ja«, sagt der Holzapfel. »Das war irgendwas mit Rechnen, oder? Laaaangweilig!«

Gustav zupft mich unter dem Tisch am T-Shirt.

»Hast du das gehört?«, zischt er mir zu. »Genau wie vorhin im Speisesaal!«

Hm, so ganz unrecht hat er nicht. Dieses *Laaaangweilig* klang schon so ähnlich wie das beim Frühstück.

»Du da!«, ruft der Holzapfel und zeigt auf Gustav. »Habe ich dir erlaubt zu schwätzen? Ich glaube nicht! Wie heißt du?«

»Äh … das wissen Sie doch«, erwidert Gustav irritiert. »Sie unterrichten mich schon seit zwei Jahren.«

»Natürlich weiß ich das«, sagt der Holzapfel. »Ich will aber wissen, ob *du* es auch weißt. Also, wie heißt du?«

Wir sehen uns alle verwirrt an.

»Äh … Gustav«, antwortet Gustav.

»Gustav?«, wiederholt der Holzapfel lachend. »Das ist ja wohl der bescheuertste Name, den ich je gehört habe! Haha! Gustav!«

Echt? Der Name Gustav ist bescheuert? Das wusste ich noch gar nicht. Er klingt gar nicht so bescheuert, finde ich. Bei uns unten gibt es ein paar richtig bescheuerte Namen. Dummbatz, zum Beispiel. Oder Kotzbrech. Ich kenne sogar einen Dämon, der heißt Gartenschlauch. Dagegen finde ich Gustav ziemlich normal. Aber vielleicht ist das hier oben ja anders.

»Also, *Gustav*«, sagt der Holzapfel. »Dann fangen wir doch mal gleich mit dir an und überprüfen, ob du rechnen kannst. Wie viel ist eins plus eins?«

»Äh … ist das Ihr Ernst?«, erwidert Gustav. »Das ist eine Aufgabe für die erste Klasse. Wir sind hier aber schon in der sechsten.«

»Oh, du kannst sogar schon bis sechs zählen, du kleiner Angeber«, sagt der Holzapfel. »Danach habe ich aber nicht gefragt. Ich will wissen, wie viel eins plus eins ergibt.«

»Zwei«, sagt Gustav leicht genervt. »Eins plus eins ergibt zwei.«

»Tja, das ist leider falsch«, sagt der Holzapfel. »Aber was soll man von einem Gustav auch anderes erwarten?«

»Wie bitte?«, erwidert Gustav fassungslos.

»Ich kann dein Entsetzen verstehen«, sagt der Holzapfel. »Ich hätte auch nicht gedacht, dass man so eine einfache Frage falsch beantworten kann. Aber, hey, du bist ein Gustav, da darf man sich wohl über gar nichts wundern.«

»Aber … Aber … Das ist …«, stammelt Gustav. »Meine Antwort war richtig!«

»War sie nicht«, erwidert der Holzapfel.

»Was ist denn dann bitte schön die richtige Antwort?«, will Gustav wissen.

»Na gut, ich sage es dir«, stöhnt der Holzapfel. »Du bist ja schließlich hier, um etwas von mir zu lernen. Die richtige Antwort ist natürlich elf. Eine Eins und noch eine Eins zusammen ergeben eine Elf. Ist doch logisch. Zumindest für alle, die nicht Gustav heißen.«

Hm, ja, das klingt eigentlich einleuchtend. Und es würde diese komische Rechnerei viel einfacher machen. Also, ich bin dafür. 1 + 1 = 11. Endlich mal eine Mathematikstunde, in der ich etwas von Anfang an verstehe.

»Diese Frage gilt übrigens als offizieller Test«, sagt der Holzapfel. »Den du natürlich mit Pauken und Trompeten *nicht* bestanden hast. Ich gebe dir dafür eine … Was ist noch mal die schlechteste Note?«

»Eine Sechs«, sagt Finn.

»Eine Sechs?«, wiederholt der Holzapfel. »So wenig? Das gilt aber nicht für Gustavs, oder? Ich finde, seine Antwort war so falsch, dafür muss er mindestens eine Neun kriegen. Oder sogar zwei Neunen. Ja, du kriegst zwei Neunen, Gustav. Aber keine Sorge, ich werde dich nicht fragen, was neun plus neun ergibt, du siehst das Ergebnis ja dann auf deinem Zeugnis.«

»ABER DAS IST DOCH ALLES KOMPLETTER BLÖDSINN!«, rastet Gustav aus. EINS PLUS EINS ERGIBT NICHT ELF, SONDERN ZWEI! DAS IST FAKT, DAS WEISS JEDES KLEINKIND! UND SIE KÖNNEN HIER AUCH NICHT EINFACH SO NEUE NOTEN ERFINDEN!«

»Doch, kann ich, siehst du ja«, erwidert der Holzapfel grinsend. »Ich bin ein Lehrer. Lehrer können alles. Ich kann dir zum Beispiel auch befehlen, dich dahinten in die Ecke zu stellen und auf einem Bein zu hüpfen, wenn du hier weiter so rumschreist.«

»KÖNNEN SIE NICHT!«, brüllt Gustav. »DAS DÜRFEN SIE NÄMLICH ÜBERHAUPT NICHT! DAS VERSTÖSST GEGEN DIE SCHULREGELN!«

Der Holzapfel steht auf, greift sich eins der elektronischen Geräte vom Pult und geht langsam auf Gustav zu, bis er schließlich direkt vor ihm steht.

»Jetzt pass mal gut auf, du dummer Gustav«, knurrt er. »Ich bin Lehrer. Ich mache meine eigenen Schulregeln. Und wenn du nicht sofort in die Ecke gehst und auf einem Bein hüpfst, verpasse ich dir eine neue Frisur, und zwar völlig ohne Haare.«

Er schaltet das elektronische Gerät in seiner Hand an, es fängt an zu brummen. Oh, ich weiß, was das ist, so was gibt's bei uns unten auch. Damit müssen die Unachtsamen Hundebesitzer in Abteilung 68 einen Fußballfeld-großen Rasen mähen, der von Höllenhundkacke übersät ist. Also, *ich* würde so ein Ding nicht in die Nähe meiner Haare lassen, so viel steht fest.

Der Holzapfel beugt sich über Gustav und lässt die Haarschneidemaschine bedrohlich summen.

»Aber … Aber … Das ist nicht Ihr Ernst, oder?«, stammelt Gustav und weicht ein Stück zurück.

»Mein Ernst?«, sagt der Holzapfel. »Nein, du bist mein Gustav. Und wenn du nicht in drei Sekunden dahinten in der Ecke auf einem Bein hüpfst, wird man dich ab heute nur noch Glatzen-Gustav nennen.«

Gustav springt so schnell auf, dass sein Stuhl nach hinten umkippt. Er flitzt in die Ecke und fängt an zu hüpfen.

»Dreh dich zur Wand!«, ruft Holzapfel ihm zu, während er zurück zu seinem Pult geht. »Wir wollen dein dummes Gesicht nicht sehen!«

Gustav wirft uns noch einen verzweifelten Blick zu, dreht sich um und hüpft weiter. Aaron und ich schauen uns ratlos an. Alle anderen in der Klasse wirken verunsichert bis ängstlich. Niemand wagt, etwas zu sagen.

Der Holzapfel setzt sich.

»So, nachdem wir uns nicht mehr mit einem dummen Gustav beschäftigen müssen, können wir uns ja wieder

der Rechnerei zuwenden«, sagt er grinsend. »Habt ihr eure Mathebücher dabei?«

Wir nicken alle.

»Fantastisch! Ich habe meins nämlich vergessen. Kann mir jemand seins leihen?«

»Sehr gern, Herr Holzapfel«, sagt Finn und reicht ihm sein Mathebuch.

Holzapfel nimmt es und blättert darin herum.

»Wir waren auf Seite 83«, bemerkt Finn.

»83?«, wiederholt der Holzapfel und blättert weiter. »Okay, mal gucken, was da … HEY, GUSTAV! MERKST DU NICHT, DASS DU MIT DIESEM KRACH DEN UNTERRICHT STÖRST? HÜPF LEISER!«

Gustav lässt einen tiefen Seufzer los und versucht, leiser zu hüpfen.

»Boah, ist das laaaangweilig«, stöhnt der Holzapfel und klappt das Mathebuch wieder zu. »Da hilft nur eins.«

Er zerreißt das Buch mit einem Ruck in zwei Teile, stopft sie in die beiden Schlitze des Toasters, der vor ihm auf dem Pult steht, und drückt den Hebel an der Seite nach unten.

Ein entsetztes Raunen zieht durch den Raum.

»Was denn?«, fragt Holzapfel grinsend. »Ihr könnt es ruhig zugeben. Das wolltet ihr doch alle schon mal machen, oder?«

Qualm steigt aus dem Toaster auf, kurz darauf kleine Flammen, die immer größer werden.

»Was riecht denn hier so verbrannt?«, fragt Gustav aus der Ecke.

»Das ist der liebliche Duft eines brennenden Mathebuchs, du Dummerchen«, sagt der Holzapfel. »Der beste Duft der Welt. Vergiss nicht zu hüpfen!«

Die Flammen werden immer größer, der ganze Toaster scheint mittlerweile lichterloh zu brennen. Alle aus der ersten Reihe rücken ängstlich mit ihren Tischen ein Stück nach hinten, der Holzapfel bleibt unbeeindruckt direkt hinter dem Toaster sitzen und starrt fasziniert in das Feuer.

»Hach, es gibt doch nichts Schöneres als ein kleines Feuerchen am Morgen, oder?«, sagt er und verschränkt gemütlich mit dem Stuhl wippend die Arme hinter dem Kopf. »Ich könnte da stundenlang reingucken.«

»Äh … Herr Holzapfel?«, meldet sich Finn zaghaft. »Der … der Tisch fängt gleich an zu brennen. Ist das nicht gefährlich? Vielleicht sollte man das Feuer doch lieber löschen?«

»LÖSCHEN?«, ruft der Holzapfel und springt auf. »JA, BIST DU DENN WAHNSINNIG? EIN FEUER DARF NIEMALS GELÖSCHT WERDEN! EIN FEUER MUSS IMMER VON SELBST AUSBRENNEN! WENN ÜBERHAUPT! EIGENTLICH GEHÖRT JEDES FEUER GEFÜTTERT, DAMIT ES UNENDLICH BRENNEN KANN! MERKT EUCH DAS! VOR ALLEM DU DAHINTEN! HÖRST DU, GUSTAV? WER EIN FEUER LÖSCHT, IST EIN GANZ MIESER LUMP!«

Gustav dreht sich verwirrt um und zuckt ratlos weiterhüpfend mit den Schultern.

»Äh … Herr Holzapfel?«, meldet sich Finn erneut. »Es wäre aber schon besser, wenn dieses Feuer woanders von selbst ausbrennen würde. Sonst brennt nämlich bald die ganze Schule.«

»Na gut, okay«, stöhnt der Holzapfel genervt. »Wenn euch mein schönes Feuerchen nicht gefällt, dann kommt es eben weg.«

Er zieht den Stecker des Toasters aus der Steckdose und fängt an, den lodernden Feuerkasten am Kabel über seinem Kopf im Kreis zu wirbeln. Irgendwann lässt er einfach los, der Toaster kracht klirrend durch eine der Fensterscheiben und saust flackernd abwärts Richtung Schulhof.

Also, eins steht fest: Das ist definitiv die coolste Mathestunde, die ich bisher hier oben erlebt habe! Wobei

ich offenbar der Einzige bin, der das so sieht. Sämtliche Münder im Raum stehen vor Entsetzen weit offen.

Der Holzapfel setzt sich grummelnd hinter sein Pult, von dem noch ein paar kleine Rauchschwaden aufsteigen. Er blickt auf die große Uhr an der Wand.

»Wie lange dauert so eine Mathematikstunde eigentlich?«, fragt er.

»Wir haben eine Doppelstunde, also sind es noch fünfundsechzig Minuten bis zur großen Pause, Herr Holzapfel«, antwortet Finn.

»Was, so lange noch?«, stöhnt der Holzapfel. »Boah, ist das laaaaangweilig! Ich hab keine Lust mehr. Die Pause wird auf jetzt sofort vorverlegt. Als Hausaufgabe verbrennt ihr alle eure Mathebücher. Wann sehen wir uns wieder?«

»Mathematik steht für morgen früh wieder auf dem Plan«, sagt Finn. »Aber wir haben Sie nachher noch in Geschichte.«

»Geschichte?«, wiederholt der Holzapfel und verzieht angewidert sein Gesicht. »Das ist ja noch langweiliger. Nein, Geschichte fällt heute aus. Wir sehen uns dann morgen früh. Bringt die Aschereste von den Büchern mit, damit ich das kontrollieren kann.«

Er steht auf und geht auf die Tür zu, bleibt aber noch mal stehen.

»ABER DU HÜPFST SCHÖN WEITER, BIS DIE STUNDE OFFIZIELL ZU ENDE IST!«, brüllt er in Richtung Gustav. »SONST KANNST DU DEM TOASTER DA UNTEN GESELLSCHAFT LEISTEN!«

Er verlässt den Raum und lässt die Tür hinter sich zuknallen.

Die anderen verlassen nach und nach das Klassenzimmer unter aufgeregtem Gemurmel. Aaron und ich bleiben noch und gehen zu Gustav in die Ecke.

»Ich denke, du kannst jetzt aufhören zu hüpfen«, sagt Aaron, als alle anderen draußen sind. »Ich glaube nicht, dass er das überprüft, geschweige denn seine Drohung wahr macht. Wahr macht.«

»Meinst du echt?«, fragt Gustav weiterhüpfend. »Ich habe keine Lust, aus dem Fenster zu fliegen. Der Holzapfel ist offensichtlich komplett irre geworden, dem traue ich alles zu.«

»Keine Sorge, dir wird nichts passieren«, sagt Aaron. »Wir gehen jetzt gleich zu Direktor Hasenfuß und erzählen ihm alles. Ich gebe dir absolut recht, mit dem Holzapfel stimmt etwas nicht. Ich tippe auf eine schwere psychische Störung. Die Symptome lassen auf Schizophrenie schließen. Schließen.«

»Schittsowas?«, hake ich nach, weil ich das Wort nicht kenne.

»Schizophrenie«, wiederholt Aaron. »Das ist eine psychische Erkrankung. Meine Eltern dachten früher aufgrund meiner Ticks, dass ich das habe. Ich war deshalb zwei Jahre lang fast jeden Tag bei einem Psychologen, seitdem weiß ich alles über Schizophrenie. Man erkennt die Betroffenen unter anderem daran, dass sich ihr Verhalten dramatisch ändert und auf andere oft bizarr und sogar beängstigend wirkt. Ich denke, das trifft auf den Holzapfel absolut zu. Absolut zu.«

»Oh ja«, stimmt Gustav zu und hört auf zu hüpfen. «Vor allem das mit dem *beängstigend.* Ich hatte echt richtig Schiss vor ihm, als er mit dem Haarschneider auf mich zukam.«

»Zu Recht«, sagt Aaron. »Bei Schizophrenen muss man mit allem rechnen. Sie können eine große Gefahr für andere darstellen. Und genau deshalb gehen wir jetzt zu Direktor Hasenfuß. Er muss den Holzapfel suspendieren. Suspendieren.«

Ha, das Wort kenne ich! Das sagt Papa manchmal, wenn er jemanden feuert. Dann brüllt er: *Du bist suspendiert!* Und im nächsten Augenblick explodiert derjenige.

»Ihr wollt den Holzapfel explodieren lassen?«, frage ich deshalb. »Ist das nicht ein bisschen drastisch?«

Aaron und Gustav starren mich mit großen Augen zweifelnd an.

»Suspendieren bedeutet bei uns hier oben, dass jemand zeitweise seine Arbeit nicht mehr ausführen darf. Ausführen darf«, erklärt Aaron.

»Ach so, okay«, sage ich. »Das geht ja noch. Wobei ich das schon auch irgendwie schade fände. Das war heute die lustigste Mathestunde, die ich jemals erlebt habe.«

»Wie bitte?«, erwidert Gustav entsetzt. »Was war denn

daran lustig? Der Typ wollte meine Haare abschneiden! Und er hat einen brennenden Toaster durch das Fenster geworfen!«

»Ja, hihi«, sage ich kichernd. »Das mit dem Toaster war am lustigsten. Habe ich euch schon erzählt, dass ich als Kind mal einen verschluckt habe? Der hat aber nicht gebrannt.«

»Ach ja«, seufzt Gustav. »Sorry, Luzie. Auch wenn wir gerade gestern noch unten waren, manchmal vergesse ich doch noch, wo du eigentlich herkommst. Natürlich findest du es lustig, wenn jemand brennende Toaster aus dem Fenster wirft. Hier oben ist es aber nicht lustig, glaub mir. Hier oben ist es im schlimmsten Fall lebensgefährlich.«

»Genau«, stimmt Aaron ihm zu. »Und deshalb gehen wir jetzt zu Direktor Hasenfuß und erzählen ihm alles. Alles.«

»Aber sind wir dann nicht ganz miese Petzen?«, gebe ich zu bedenken. »Die sitzen bei uns unten in Abteilung 36. Denen wird gesagt, sie sollen immer melden, wenn jemand aus der Abteilung etwas falsch macht. Und wenn sie es dann ausplappern, fängt sofort ihr Mund an zu brennen.«

»Also, bevor mich der Holzapfel aus dem Fenster wirft, bin ich lieber eine Petze«, sagt Gustav.

»Verständlich«, sagt Aaron. »Und ich denke, das Petzen-Prinzip lässt sich auf lebensbedrohliche Situationen auch nicht anwenden. Das zählt dann eher als Notwehr. Notwehr.«

»Okay, wenn ihr meint«, sage ich und zucke mit den Schultern. »Gehen wir zu Hasenfuß.«

Im Visier

Die Tür des Sekretariats ist geschlossen. Gustav klopft sanft an. Nichts passiert.

»Du musst lauter klopfen«, sage ich.

»Lieber nicht«, erwidert Gustav. »Frau Schneider-Schnutzel mag es nicht, wenn man zu laut klopft.«

Er klopft noch einmal leise, wieder passiert nichts.

»Lass mich mal«, sage ich und schiebe mich an ihm vorbei.

Ich hämmere dreimal kräftig mit der Faust an die Tür.

»STIRB, DU RÄUDIGER HUND!«, erklingt die Stimme von Frau Schneider-Schnutzel von drinnen.

»Siehst du«, zischt Gustav mich an. »Jetzt ist sie sauer.«

»KOMMT SCHON, IHR VERDAMMTEN MISTKERLE! ICH MACH EUCH FERTIG!«

»Vielleicht sollten wir es einfach später noch mal probieren, wenn sie bessere Laune hat«, sagt Gustav.

»Wieso denn?«, erwidere ich. »Sie hat doch gesagt, wir sollen kommen.«

Ich drücke die Klinke nach unten und öffne ganz langsam die Tür einen Spaltbreit.

»EIN SCHRITT NOCH, UND IHR SEID TOT! ICH HAB EUCH GENAU IM VISIER!«

Ich schiebe vorsichtig meinen Kopf durch den Türspalt und sehe Frau Schneider-Schnutzel. Sie sitzt mit dem Rücken zur Tür vor ihrem Computer und hat große Kopfhörer auf den Ohren.

»HA! JETZT SEID IHR DRAN!«, schreit sie. »ICH MACH EUCH ALLE PLATT! AAAAAAAHHHHHH!«

Okay, keine Ahnung, wen sie da anschreit, aber wir sind es jedenfalls nicht. Ich schiebe die Tür komplett auf, damit Gustav und Aaron sie auch sehen können.

»Was macht sie da?«, fragt Gustav verwundert.

»Es sieht so aus, als würde sie zocken. Zocken«, antwortet Aaron.

Zocken? Was soll das denn sein? Darunter kann ich mir gerade überhaupt nichts vorstellen. Ich kenne nur zucken. Stimmt, ihre Arme zucken die ganze Zeit so komisch.

»Du meinst wohl zucken, oder?«, sage ich.

»Nein, zocken«, sagt Aaron. »So nennt man das, wenn jemand ein Computerspiel spielt. Spielt.«

Ah, okay, Computerspiele. So was kenne ich, das hat mir Steven unten mal gezeigt. Das war total ätzend. Da war eine Frau in einer Höhle, die hat den Ausgang nicht gefunden. Und ich sollte ihr dann helfen, obwohl ich selbst ja auch noch nie in dieser komischen Höhle war. Als wir nach über einer Stunde immer noch nicht draußen waren, hatte ich die Schnauze voll und habe einfach aufgehört – wahrscheinlich sitzt sie heute noch in dieser blöden Höhle und wartet da auf mich.

»Was sie wohl zockt?«, fragt Gustav.

»Den Geräuschen aus den Kopfhörern nach zu urteilen, handelt es sich um ein Ballerspiel. Ballerspiel«, sagt Aaron.

Wir gehen alle drei etwas näher an Frau Schneider-Schnutzel heran, bis wir über ihre Schultern auf den Monitor gucken können.

»Ein Kriegsspiel«, stellt Aaron fest. »Das erklärt auch ihr aggressives Geschrei. Geschrei.«

Ein Kriegsspiel? Man kann auf Computern also Krieg spielen? Kapier ich nicht. Wieso will denn jemand Krieg spielen? Ich dachte immer, Spiele sollen lustig sein und Spaß machen. Krieg ist aber nicht lustig und macht überhaupt keinen Spaß. Zumindest sagt Papa das immer. Wenn hier oben Krieg herrscht, wird es bei uns unten immer so voll, das kann Papa gar nicht leiden, das macht nur Arbeit.

»FRESST BLEI, IHR MIESEN HUNDESÖHNE!«, brüllt Frau Schneider-Schnutzel.

Auf dem Monitor sind ein paar Gestalten zu sehen, die von Kugeln getroffen aufschreien und zu Boden sacken.

»HAHA! DAS HABT IHR NUN DAVON!«, brüllt Frau Schneider-Schnutzel weiter. »ICH HAB'S EUCH DOCH GLEICH GESAGT: LEGT EUCH NICHT MIT DER TERMINATEUSE AN!«

»Sie ist ganz schön vertieft in ihr Spiel«, sagt Gustav. »Wie machen wir denn jetzt auf uns aufmerksam?«

»Na, ganz einfach«, sage ich und tippe Frau Schneider-Schnutzel mit dem Zeigefinger auf die Schulter.

»AAAAAAAHHH!«, schreit sie auf und fährt aus ihrem Drehstuhl in die Höhe.

Der Stuhl saust unter ihr weg, sie landet mit ihrem Hintern auf dem Boden und erwürgt sich fast selbst mit dem Kopfhörerkabel. Als sie sich wieder aufrappelt, entdeckt sie uns und erschrickt gleich noch mal so sehr, dass sie wieder auf dem Hosenboden landet.

»SAGT MAL, HABT IHR SIE NOCH ALLE?«, schreit sie uns an. »IHR KÖNNT MICH DOCH NICHT EIN-

FACH MITTEN IN EINER GEFÄHRLICHEN MISSION SO ERSCHRECKEN! ICH HÄTTE EUCH AUS VERSEHEN ERSCHIESSEN KÖNNEN!«

»Womit denn?«, fragt Aaron. »Mit dem Controller? Diese Gefahr bestand zu keiner Zeit. Keiner Zeit.«

»ACH, UND JETZT AUCH NOCH KLUGSCHEISSEN!«, erwidert Frau Schneider-Schnutzel. »DAS HABEN WIR JA BESONDERS GERN!«

»Es … es tut uns leid, Frau Schneider-Schnutzel«, sagt Gustav versöhnlich. »Wir haben geklopft, aber Sie haben uns nicht gehört.«

»Natürlich habe ich euch nicht gehört«, knurrt sie. »Ich war in der Normandie. Was macht ihr überhaupt um diese Uhrzeit hier? Ihr müsstet doch im Unterricht sein.«

»Genau deshalb sind wir hier«, sagt Aaron. »Weil wir *nicht* im Unterricht sind. Das hat einen überaus besorgniserregenden Grund. Und darum müssen wir dringend mit Direktor Hasenfuß sprechen. Sprechen.«

»Bitte«, fügt Gustav hinzu.

»Das geht nicht«, erwidert Frau Schneider-Schnutzel schroff. »Der Herr Direktor ist gerade sehr beschäftigt.«

»Ich bin mir sicher, er wird sich kurz Zeit für uns nehmen«, sagt Aaron. »Es ist sehr wichtig. Das Wohl und die Unversehrtheit vieler Schüler hängen möglicherweise davon ab. Davon ab.«

»Ach, solche Kinkerlitzchen wie Unversehrtheit und Schüler interessieren den Herrn Direktor sowieso nicht«, erwidert Frau Schneider-Schnutzel. »Dafür werde ich ihn jetzt ganz sicher nicht stören. Los, verschwindet. Ich muss wieder in die Normandie. Husch, husch!«

Sie wedelt mit der Hand, als wären wir lästige Fliegen, setzt sich wieder an den Computer und zieht den Kopfhörer auf.

»Und jetzt?«, fragt Gustav leise.

»Ganz einfach«, sage ich und steuere auf die Tür zu Hasenfuß' Büro zu.

Ich öffne sie und sehe den Direktor hinter seinem Schreibtisch. Er sieht mich aber nicht, denn seine Augen sind von einer Art Maske verdeckt. Seine Füße liegen auf dem Tisch und er schnarcht fast so laut, wie Papa immer schnarcht. Ich winke die anderen zu mir heran, wir betreten das Zimmer.

»Aha«, sagt Aaron. »So sieht das also aus, wenn der Herr Direktor sehr beschäftigt ist. Beschäftigt ist.«

»Was ist das da auf seinen Augen?«, frage ich.

»Das ist eine Schlafmaske«, antwortet Gustav. »Die ziehen manche Leute an, wenn es zu hell zum Schlafen ist.«

Kapier ich nicht. Wenn man schläft, schließt man doch die Augen, dann ist es automatisch dunkel. Oder gibt es etwa Menschen, die mit offenen Augen schlafen?

Ich gehe auf ihn zu und klappe die Maske vorsichtig nach oben. Nein, seine Augen sind geschlossen. Oh, jetzt macht er gerade eins auf.

»AAAAAAAHHHH!«, schreit er plötzlich.

Er zuckt zusammen, seine Füße rutschen vom Tisch und er poltert auf den Boden.

»Was … Wie … Wo bin ich?«, stammelt er. »Ich war doch eben noch mit Schnutzelchen …«

Sein Blick fällt auf uns.

»Oh … Äh … Von Turbsnatas … Herr Anton …Herr Wagner … Was machen Sie denn hier?«, fragt er verwirrt.

»Wir haben ein äußerst wichtiges Anliegen«, sagt Aaron. »Es gibt etwas, das Sie unbedingt wissen müssen. Müssen.«

»Es geht um Herrn Holzapfel«, sagt Gustav.

»Er hat Schlitzomanie«, füge ich hinzu. »Das ist zwar lustig, aber auch gefährlich.«

»Schizophrenie«, verbessert mich Aaron. »Aber das ist nur eine Vermutung. Die Symptome lassen darauf schließen. Schließen.«

»Aha«, sagt der Hasenfuß und rappelt sich auf.

»Es fing schon damit an, dass er mir heute Morgen beim Frühstück ein Bein gestellt hat«, erzählt Gustav.

»Im Unterricht hat er ein Lehrbuch getoastet und anschließend den brennenden Toaster aus dem Fenster geworfen. Geworfen«, sagt Aaron.

»Und vorher hat er Mathe so gut erklärt, dass ich es sogar verstanden habe«, füge ich hinzu. »Das ist nicht normal.«

»Mm-hm«, sagt der Hasenfuß und setzt sich wieder hinter seinen Schreibtisch.

»Genau«, sagt Gustav. »Und ich musste die ganze Zeit in der Ecke hüpfen, weil seine Mathematik kompletter Blödsinn war.«

»Außerdem hat er den Unterricht bereits nach einer halben Stunde beendet und uns vorzeitig in die Pause geschickt. Geschickt«, sagt Aaron.

»Und als Hausaufgabe müssen wir alle unsere Mathebücher verbrennen«, ergänze ich. »Soll ich das in meinem Zimmer oder auf dem Schulhof machen?«

»So, so«, sagt der Hasenfuß.

»Wir vermuten, dass er es war, der Ihre Ansprache heute Morgen gestört hat«, sagt Gustav. »Und er hat damit gedroht, mich auch aus dem Fenster zu werfen!«

»Er wirkt wie verwandelt«, sagt Aaron. »Ein typisches Merkmal für eine tief sitzende psychische Störung, die unbedingt von einem Spezialisten behandelt werden muss, bevor tatsächlich jemand aus der Schülerschaft zu Schaden kommt. Schaden kommt.«

»Gut, gut«, sagt der Hasenfuß. »War's das?«

Wir nicken alle drei.

»Das hättet ihr euch auch alles sparen können«, sagt der Hasenfuß. »Ich meine, eure Sorge um den Gesundheitszustand des Kollegen Holzapfel ehrt euch, aber ich versichere euch, mit ihm ist alles in Ordnung. Ihr könnt also ganz beruhigt wieder gehen.«

Wir sehen ihn verwirrt an und bleiben stehen.

»Na gut«, seufzt der Hasenfuß. »Ich sehe schon, ohne ordentliche Erklärung werde ich euch nicht los. Ihr müsst mir aber versprechen, dass ihr euren Mitschülern nichts darüber verratet, was ich euch gleich sagen werde. Verstanden?«

Wir nicken wieder alle drei. Der Hasenfuß winkt uns näher zu sich heran.

»Also, es ist folgendermaßen«, beginnt er mit gesenkter Stimme. »Der Kollege Holzapfel war heute Morgen vor dem Frühstück schon bei mir und hat mir von einem neuen Pädagogikexperiment aus Amerika erzählt, das er gerne diese Woche an euch ausprobieren möchte. Wie genau das funktioniert, habe ich nicht verstanden, aber es geht darum, dass sich die Lehrer in diesem Experiment komplett anders verhalten als sonst, um zu sehen, wie die Schüler darauf reagieren. Er hat mich also schon vorgewarnt, dass Beschwerden von Schülern kommen würden. Und eigentlich soll ich euch nichts darüber verraten, weil eure Reaktionen dann nicht mehr spontan und echt sind. Also tut mir bitte den Gefallen und verhaltet euch weiter so, als wüsstet ihr nichts von dem Experiment.«

»Aha«, sagt Gustav nachdenklich. »Dann hat er mich also gar nicht auf dem Kieker, sondern er tut nur so?«

»So ist es«, sagt der Hasenfuß. »Und er wird dich garantiert nicht aus dem Fenster werfen. Hoffe ich zumindest. Bei diesen Amerikanern kann man nie wissen. Falls doch, sind wir aber gut versichert, keine Sorge.«

»Verstehe«, sagt Aaron. »Sie lassen demnach ohne vorherige Überprüfung zu, dass Schüler als Versuchskaninchen für irgendwelche unerprobten Ideen aus Amerika benutzt werden. Werden.«

»Exakt!«, stimmt der Hasenfuß zu. »Der Elternbeirat in St. Fidibus fordert ständig neue Methoden und Ansätze von uns. Schule muss sich permanent weiterentwickeln, Lehrmethoden müssen ausprobiert und angepasst werden, alles natürlich streng zum Wohl der Schüler. Von daher bin ich sozusagen gezwungen, Experimente wie das des Kollegen Holzapfel zu unterstützen. Wenn es nach mir ginge, würde ja alles so bleiben wie immer, aber mich fragt ja keiner.«

»Okay«, sagt Gustav. »Dann wissen wir jetzt Bescheid und ich muss mir keine Sorgen mehr machen, wieso mein Lehrer mich plötzlich nicht mehr leiden kann.«

»Nein, das musst du nicht«, sagt der Hasenfuß und legt einen Zeigefinger auf seine Lippen. »Aber nichts verraten.«

»Machen wir nicht«, sagt Gustav. »Vielen Dank, Herr Direktor.«

»Gern geschehen. Und jetzt raus mit euch. Ich muss dringend weiterschl… weiterarbeiten.«

Wir verlassen sein Büro und schleichen uns an Frau

Schneider-Schnutzel vorbei, die immer noch an ihrem Computer zockt.

»Also, darauf wäre ich jetzt nie im Leben gekommen«, sagt Gustav, als wir wieder draußen sind. »Ein Experiment. Irgendwie abgefahren, oder?«

»Ich weiß nicht«, sagt Aaron mit skeptischem Blick. »Das kommt mir doch sehr seltsam vor. Ein unangekündigtes Experiment mit Schülern? Und ich kann auch den Sinn darin nicht ausmachen. Welche wissenschaftlichen Erkenntnisse soll das denn bringen, wenn der Lehrer einen Toaster aus dem Fenster wirft und einzelne Schüler schikaniert? Irgendwas stimmt da nicht.

Aber das finde ich schon raus. Dafür brauche ich allerdings einen Internetzugang. Kommt ihr mit ins Dorf? Ins Dorf?«

»Ich wollte dann jetzt eigentlich erst mal kurz nach Cornibus gucken«, sage ich.

»Ich begleite dich«, sagt Gustav.

»Gut, dann treffen wir uns nachher zur offiziellen Pause auf dem Schulhof? Schulhof?«, fragt Aaron.

»Alles klar«, sage ich. »Bis später.«

Kartoffelbauern

»ÖCHÖ! ÖCHÖ!«

»Oje, der Arme«, sagt Gustav. »Das hört sich nicht gut an.«

»Nein, das klingt noch schlimmer als heute Morgen«, stelle ich fest. »Wie fühlst du dich denn, Cornibus?«

»Cornibus' Kopf wie Schlotzoladepudding. Aber nicht so lecker. HAAAAAATSCHI!«

»Können wir irgendwas für ihn tun?«, frage ich Gustav.

»Meine Mutter hat mir immer Hühnersuppe gekocht, wenn ich erkältet war«, antwortet Gustav. »Aber das geht ja bei Cornibus nicht, weil er kein Fleisch isst.«

»Kann man die nicht auch ohne Hühner kochen? Einfach nur Suppe?«

»Ich weiß nicht, ob sie dann noch richtig wirkt. Außerdem können wir sowieso nicht kochen. Außer Tee, vielleicht. Ich habe immer Pfefferminztee zu trinken gekriegt, wenn ich krank war. Es sollte auf jeden Fall irgendwas Heißes sein. Wobei: Trinkt Cornibus überhaupt? Ich habe ihn noch nie etwas trinken gesehen.«

»Hm, gute Frage«, sage ich. »Stimmt, jetzt, wo du es sagst: Ich habe auch noch nie gesehen, wie er etwas trinkt. Willst du etwas trinken, Cornibus?«

»Cornibus nicht trinken. Trinken langweilig. Trinken nicht kauen. Und Trinken nicht schmecken. HAAAAATSCHI!«

»Na ja«, sagt Gustav. »Wenn man krank ist, muss man schon mal etwas trinken oder essen, was nicht gut schmeckt. Medizin schmeckt eigentlich nie.«

»Du meinst, wir sollten es einfach mal mit Tee versuchen?«, frage ich.

»Klar, warum nicht? Schaden kann es auf keinen Fall. Soll ich welchen holen? Unten im Speisesaal steht eine kleine Teestation mit Wasserkocher.«

»Okay, super, mach das. Einen Versuch ist es wert.«

»Alles klar, ich bin in zehn Minuten wieder da.«

Gustav verlässt das Zimmer. Ich wende mich wieder Cornibus zu.

»Keine Sorge«, sage ich und streichle sanft über seinen Kopf. »Du wirst bald wieder gesund sein. Und dann kriegst du ganz viel Schokolade von mir.«

»Cornibus nie wieder Schlotzolade schmecken«, sagt er und fängt an zu schluchzen. »Nur noch ... Öchö ... Öchö ...Kackterien. Buhuhuuuu!«

»Oh, nein, das darfst du nicht denken«, versuche ich ihn zu trösten. »Das geht wieder vorbei. Und dann schmeckst du wieder Schokolade und alles andere auch, versprochen.«

Cornibus heult und hustet weiter. Ich streichle ihn eine ganze Weile lang, bis er schließlich eingeschlafen ist. Wo bleibt eigentlich Gustav? Ich werfe einen Blick auf die Uhr. Wollte er nicht nach zehn Minuten wieder hier sein? Jetzt sind schon zwanzig Minuten vorbei. Da stimmt doch was nicht. Ich glaube, ich gucke lieber mal, wo er bleibt.

Ich decke Cornibus vorsichtig zu und mache mich auf den Weg nach unten.

Als ich in der Nähe des Speisesaals ankomme, dringt lautes Gejohle und Gegröle von dort an mein Ohr.

Ich gehe weiter und öffne die Tür, der Radau wird lauter. Am anderen Ende des Saals sehe ich fast unsere gesamte Klasse stehen. Sie krakeelen und schreien und lachen, während sie mit Kartoffeln auf irgendetwas werfen. Oder besser gesagt: auf irgend*jemand*. Als ich näher komme, sehe ich nämlich, dass Gustav offenbar das Ziel ist. Er hat den Wasserkocher in der einen und eine gefüllte Teetasse in der anderen Hand und versucht, den Kartoffeln auszuweichen.

»JETZT HÖRT DOCH MAL AUF DAMIT!«, schreit er. »DAS TUT WEH! AUA!«

»Nicht aufhören!«, höre ich Holzapfels Stimme. »Wer aufhört, kriegt eine Neun!«

Ah, jetzt sehe ich ihn auch. Er holt sich gerade eine Tasse Kaffee aus der Kaffeemaschine, die neben dem Lehrertisch steht.

»IHR WISST SCHON, DASS IHR NICHT ALLES … AUA! … ALLES MACHEN MÜSST, WAS EIN LEHRER SAGT?«, schreit Gustav, während er weiter tänzelnd versucht, den Kartoffeln auszuweichen.

»Doch, müsst ihr«, sagt der Holzapfel. »Und wer ihn am Kopf trifft, darf morgen den nächsten Toaster aus dem Fenster werfen.«

Die Jungs johlen noch lauter und zielen auf Gustavs Kopf.

»EY, IHR SPINNT WOHL!«, schreit er. »DAS IST GEFÄHRLICH!«

Gustav reißt den Wasserkocher vor sein Gesicht, um sich zu schützen.

Der Holzapfel grinst zufrieden, greift nach dem Pfefferstreuer auf dem Tisch, schraubt ihn oben auf und kippt sich die komplette Ladung Pfeffer in den Kaffee. Das ist ja lustig, genau so trinkt Papa seinen Teer auch immer. Hier oben habe ich noch niemanden gesehen, der das macht. Die Menschen schütten nur weiße Sachen in den Kaffee, Zucker oder Milch meistens. Der Holzapfel hat sozusagen einen teuflischen Geschmack, das muss ich unbedingt Papa erzählen, wenn ich das nächste Mal unten bin.

»VITUS!«, ruft Gustav, als er mich entdeckt. »VIELLEICHT … AUA! … HILFST DU MIR HIER MAL!«

Ach so, ja, das sollte ich wohl. Aber wie kriege ich ihn da raus? Ich muss die Jungs irgendwie ablenken.

»HEY, LEUTE!«, rufe ich. »DER HAUSMEISTER VERSCHENKT AUF DEM SCHULHOF SÜSSIGKEITEN!«

Sie lassen sofort ihre Kartoffeln fallen und rennen unter lautem Gejohle an mir vorbei nach draußen. Gustav senkt erleichtert den Wasserkocher.

»Nicht schlecht … *Vitus*«, sagt der Holzapfel und trinkt genüsslich einen Schluck seines Pfefferkaffees. »Du kannst schon mal anfangen zu hüpfen.«

»Das wird er ganz sicher nicht tun«, knurrt Gustav ihn an. »Wir wissen von Ihrem komischen Experiment. Und wenn wir nichts verraten sollen, dürfen Sie sich ab jetzt gern jemand anderen aussuchen, den Sie piesacken.«

»Ah, ihr wart also bei Hasenfuß«, sagt der Holzapfel grinsend. »Dachte mir schon, dass er seine Klappe nicht halten kann, wenn es darauf ankommt. Nur leider bringt euch das überhaupt nichts. Ich ziehe das weiter durch. Und wenn ihr etwas verratet, wird es noch schlimmer. Vor allem für dich, Gustav.«

»Aber wieso denn ausgerechnet ich?«, motzt Gustav. »Können Sie sich nicht jemand anderen für Ihr komisches Experiment aussuchen? Ich hab Ihnen doch gar nichts getan!«

»Bist du dir da sicher?«, fragt der Holzapfel und wird plötzlich sehr ernst. »Manchmal vergisst man einfach, was man getan hat. Oder man merkt gar nicht, wie sehr man jemanden erniedrigt hat. Und dann muss man mit den schmerzhaften Konsequenzen leben.«

»Ja, aber was habe ich denn gemacht?«, erwidert Gustav verzweifelt. »Ich kann mich wirklich an nichts erinnern! Aber egal, was es war, es tut mir leid!«

»Oh, das wird es!«, knurrt der Holzapfel. »Es wird dir noch sehr, sehr leidtun! Das heute war erst der Anfang. Und der Tag ist noch nicht zu Ende. Los, räum die Kartoffeln zurück in die Speisekammer. Und zwar jede einzeln.«

»Aber ich habe sie doch gar nicht da rausgeholt!«, jammert Gustav. »Das waren die Jungs! Das ist nicht fair!«

»Das Wort *fair* kannst du gleich aus deinem Wortschatz streichen, das existiert für dich nicht mehr«, knurrt der Holzapfel und wendet sich an mich. »Und du wirst ihm nicht dabei helfen, *Vitus.* Sonst spiele ich morgen früh im Unterricht mit dir Toaster. Hast du das verstanden?«

Natürlich habe ich das verstanden. Ich soll *nicht* aufräumen. Das kann ich. Irgendwie finde ich diesen veränderten Experiment-Holzapfel ja schon sympathisch, aber das sage ich besser nicht, sonst rastet Gustav wahrscheinlich komplett aus.

»Okay, okay«, sage ich abwehrend. »Ich fasse ganz bestimmt keine einzige Kartoffel an, überhaupt kein Problem.«

Er nimmt noch einen Schluck von seinem Pfefferkaffee, steht auf und verlässt den Saal.

»Mieser Mistkerl, blöder«, brummelt Gustav, als der Holzapfel außer Hörweite ist. »Der hat sie ja wohl echt nicht mehr alle. Was soll ich ihm denn getan haben, diesem dämlichen Kotzbrocken?«

»Vielleicht hast du ihn mal nicht gegrüßt oder so«, sage ich. »Oder du bist ihm aus Versehen auf den Fuß getreten. So was kann ja immer mal passieren.«

»Ja, aber selbst wenn, deshalb begibt man sich doch nicht gleich auf den Kriegspfad«, erwidert Gustav. »Ich meine, das ist ja ein richtiger Rachefeldzug, den er gegen mich führt. Wegen nichts.«

»Also, bei uns unten passiert so was ständig, das ist ganz normal«, sage ich. »Da zoffen sich einzelne Dämonen manchmal so lang, dass sie irgendwann gar nicht mehr wissen, wer warum angefangen hat.«

»Wir sind aber nicht bei euch unten«, erwidert Gustav. »Wir sind hier oben bei uns. Und da ist das eben nicht normal.«

Gustav bückt sich und hebt die ersten Kartoffeln auf.

»Los, hilf mir mal, dann geht es schneller«, fordert er mich auf.

»Ja … Äh … Aber der Holzapfel hat doch gesagt, ich darf dir nicht helfen«, sage ich.

»Der Holzapfel ist aber nicht mehr da«, erwidert Gustav.

Ja, das ist ja das Blöde. Hätte er nicht warten können, bis Gustav fertig ist? Mist, jetzt muss ich doch noch aufräumen.

»Na gut«, stöhne ich. »Wenn's denn unbedingt sein muss.«

Wir fangen an, die Kartoffeln einzusammeln, es sind ganz schön viele.

Als wir eine Viertelstunde später fast fertig sind, betritt Aaron den Speisesaal.

»Ach, hier seid hier«, sagt er und setzt sich an den Lehrertisch. »Ich habe euch schon gesucht. Was macht ihr denn da? Seid ihr unter die Kartoffelbauern gegangen? Ich dachte immer, die wachsen *unter* der Erde. Erde.«

»Haha, sehr witzig«, frotzelt Gustav. »Daran ist der Holzapfel schuld. Er hat die anderen Jungs damit auf mich werfen lassen. Und dann hat er auch noch zugegeben, dass er es speziell auf mich abgesehen hat. Irgendwie habe ich ihn verärgert, aber ich weiß absolut nicht, womit.«

»Hm, das ist allerdings seltsam«, sagt Aaron. »Ich wüsste auch nicht, was das sein könnte. Du warst doch immer nett zu ihm. Zu ihm.«

»Eben«, sagt Gustav. »Dass wir das mit dem Experiment wissen, habe ich ihm auch gesagt. Macht aber keinen Unterschied, er wird mich trotzdem nicht in Ruhe lassen.«

»Es gibt kein Experiment«, sagt Aaron. »Ich habe sehr gründlich danach gesucht. Es war weltweit kein einziges pädagogisches Experiment dieser Art zu finden. Finden.«

»Du meinst, das ist alles nur ein Schwindel?«, fragt Gustav. »Aber wieso verhält sich der Holzapfel dann so seltsam?«

»Das ist eine sehr gute Frage, für die ich noch keine Erklärung gefunden habe«, sagt Aaron und verzieht angewidert das Gesicht. »Was riecht denn hier eigentlich so eklig? Seid ihr das? Ihr das?«

Gustav hebt seinen Arm und schnuppert an seiner Achsel.

»Also, ich bin's nicht«, sagt er.

»Ich kann's eigentlich auch nicht sein«, sage ich. »Ich habe gestern Abend nach der Geburtstagsfeier extra noch geduscht, um den Höllengeruch wegzukriegen.«

Aaron greift nach der Kaffeetasse, die der Holzapfel hat stehen lassen, und schnuppert daran.

»Boah, riecht das fies!«, sagt er. »Was ist denn da drin? Da drin?«

»Kaffee mit ganz viel Pfeffer«, sage ich.

»Kaffee mit Pfeffer?«, wiederholt Aaron. »Das ist ja abartig. Hast du das etwa getrunken? Getrunken?«

»Ich? Nein«, antworte ich. »Aber

der Holzapfel. Voll lustig, oder? Er trinkt seinen Kaffee mit Pfeffer, so wie mein Vater unten seinen Teer.«

»Moment mal«, sagt Aaron und steht auf. »Du willst mir wirklich erzählen, dass der Holzapfel dieses ekelhafte Zeug getrunken hat? Getrunken hat?«

»Ja«, antworte ich. »Und es schien ihm geschmeckt zu haben, er sah sehr zufrieden aus.«

»Luzie, kein Mensch trinkt Kaffee mit Pfeffer. Pfeffer«, sagt Aaron mit ernstem Blick.

»Na ja, doch«, erwidere ich. »Der Holzapfel. Hab ich doch gerade gesagt.«

»Nein, ich meinte: Kein *Mensch* trinkt Kaffee mit Pfeffer«, sagt Aaron. »Aber wenn das unten in der Hölle so getrunken wird, könnte man vermuten, dass der Holzapfel gar kein Mensch ist. Mensch ist.«

»Kein Mensch? Der Holzapfel? Aber was soll er denn sonst sein?«, frage ich verwirrt.

»Du meinst, der Holzapfel kommt aus der Hölle?«, fragt Gustav mit großen Augen.

»Na ja, könnte doch sein«, sagt Aaron. »Das würde sein seltsames Verhalten jedenfalls erklären. Erklären.«

»Hm«, sagt Gustav nachdenklich. »Jetzt, wo du es sagst: Er hat vorhin den Namen Vitus zweimal so komisch extra betont. So, als würde mit dem Namen irgendwas nicht stimmen. Das ist mir nur so nebenbei ganz kurz aufgefallen. Ich dachte, das gehört zu seinem seltsamen Experiment, deshalb habe ich nicht gleich etwas gesagt.«

»Das könnte bedeuten, dass er weiß, wer Luzie in Wirklichkeit ist«, sagt Aaron. »Und das wissen außer uns nur Höllenbewohner. Was meine Theorie unterstützen würde. Würde.«

»Der Holzapfel soll aus der Hölle kommen?«, frage ich verwundert. »Aber das ist doch totaler Blödsinn. Ihr kennt ihn doch schon viel länger als mich. Und bis heute Morgen war er ja auch völlig normal. Nur weil er jetzt ein bisschen spinnt, kommt er doch nicht plötzlich aus der Hölle. Wie soll das denn gehen?«

»Vielleicht wurde er ja ausgetauscht oder so«, mutmaßt Gustav. »Könnte doch sein, dass das gar nicht der echte Holzapfel ist, sondern so ein Formwandler-Dämon wie Auribus. Vielleicht liegt der echte Holzapfel irgendwo gefesselt und geknebelt in einem dunklen Kellerloch.«

»Gibt es nicht sogar Dämonen, die von jemandem Besitz ergreifen können?«, fragt Aaron. »Das wäre auch eine Möglichkeit. Dann wäre es zwar unser Holzapfel,

aber er wäre sozusagen fremdgesteuert. Fremdgesteuert.«

»Ja, so was gibt's schon bei uns«, sage ich. »Aber die kommen ja nicht so einfach mal hier hoch und ergreifen Besitz von irgendeinem langweiligen Lehrer. Was hätte denn so ein Dämon davon?«

»Na ja, die Vermutung liegt nah, dass es irgendwas mit dir zu tun hat«, sagt Aaron. »Du bist in unserer Klasse schließlich der Einzige, der aus der Hölle kommt. Hölle kommt.«

»Das stimmt«, sage ich. »Aber warum hat es der

Holzapfel dann die ganze Zeit auf Gustav abgesehen und nicht auf mich? Das ergibt doch überhaupt keinen Sinn.«

»Ja, das ist allerdings seltsam«, stimmt Aaron mir zu. »Dafür fehlt mir auch noch jede Erklärung. Aber grundsätzlich sollten wir nicht ausschließen, dass dieser Holzapfel etwas mit der Hölle zu tun hat. Es sind schließlich schon seltsamere Dinge passiert, seit Luzie hier oben bei uns ist. Uns ist.«

»Ja, aber wie kriegen wir denn raus, ob der Holzapfel ein Dämon oder so was Ähnliches ist?«, fragt Gustav.

»Ist er garantiert nicht«, sage ich. »Cornibus hätte sofort gerochen, wenn sich ein Dämon hier aufhalten würde.«

»Schon vergessen?«, erwidert Aaron. »Cornibus riecht gerade überhaupt nichts, er hat Schnupfen. Schnupfen.«

Oh, stimmt, das habe ich tatsächlich gerade vergessen. Cornibus ist ja krank und kann nichts riechen. Trotzdem. Ich glaube einfach nicht, dass der Holzapfel ein Dämon ist. Wie soll der denn hier hochgekommen sein? Dämonen dürfen offiziell nur mit Erlaubnis meines Vaters nach oben und der hätte mir ganz sicher erzählt, wenn er jemanden hochschickt.

»Okay, aber das macht den Holzapfel noch lange nicht zum Dämon«, sage ich.

»Ausschließen können wir es aber auch nicht«, sagt

Aaron. »Ich finde, wir sollten das überprüfen. Überprüfen.«

»Von mir aus«, sage ich. »Aber dann lasst uns warten, bis Lilly aus der Schule zurück ist. Wenn es um höllische Angelegenheiten geht, sollte sie dabei sein.«

»Gut«, sagt Gustav. »Dann gehen wir gleich nach dem Mittagessen rüber zu Lilly und erzählen ihr alles. Ich bin gespannt, was sie dazu sagen wird.«

Nicht viel, wahrscheinlich. Sie ist zwar meine Schwester, aber sie hat nie unten gelebt und kennt sich genauso wenig mit Dämonen aus wie Aaron und Gustav. Aber vielleicht hat sie ja noch irgendeine andere Idee, was mit dem Holzapfel nicht stimmen könnte. Falls überhaupt irgendwas mit ihm nicht stimmt. Vielleicht ist er ja einfach nur schlecht gelaunt, so wie Papa manchmal. Und der lässt das auch immer an Leuten aus, die eigentlich gar nichts damit zu tun haben. Ich möchte gar nicht wissen, wie oft er dem armen Steven schon den Kopf ab-

gerissen hat, ohne dass er etwas dafürkonnte. Und vielleicht ist Gustav für den Holzapfel ja quasi ein Steven, so eine Art Blitzableiter für miese Laune. Aber hoffentlich ohne das Kopfabreißen, das ist hier oben nämlich nicht reparierbar, soviel ich weiß.

Niesende Objekte

»Du musst jetzt ganz leise sein, Cornibus«, sage ich. »Und auf keinen Fall niesen, hörst du?«

»Cornibus versuchen«, antwortet er. »Aber nicht verspr... HAAAAAATSCHI! ... prechen.«

»Na, das kann ja lustig werden«, seufze ich.

Ich hebe ihn mit beiden Händen hoch und lasse ihn vorsichtig im Rucksack nach unten gleiten.

»Geht das so, Cornibus?«, frage ich in den Rucksack.

»ÖCHÖ! ÖCHÖ!«, bekomme ich als Antwort.

»Dann mache ich jetzt den Reißverschluss zu, okay?«

»Luzie Reizfehlschuss zu. Dann schön dunkel. Wie zu Hause.«

Oje, der Arme. Er hat Heimweh. Kann ich verstehen. Wenn es mir mal nicht gut geht, will ich auch immer am liebsten nach Hause.

Ich schließe den Reißverschluss.

»Und jetzt möglichst keinen Ton, bis wir bei Lilly sind«, sage ich.

»Cornibus macht keinen Schmucks. HAAAAAAATSCHI!«

Ob das wohl gut geht? Weit haben wir es zwar nicht, aber wir müssen doppelt aufpassen, weil Cornibus sich ja gerade nicht in eine Maus oder eine Fliege oder irgendetwas anderes Oberirdisches verwandeln kann. Wenn mein Rucksack plötzlich niest und ihn jemand entdeckt, wird es schwierig. Aber es ist schon besser, ihn rüber zu Lilly zu bringen. Das war Aarons Idee. Dort kann sich Herr Rosenberg um ihn kümmern, der hat wohl Erfahrung mit Erkältungen. Und für mein Bett ist es auch besser, wenn Cornibus nicht mehr drin liegt – er hat alles vollgeschleimt, während ich nicht da war.

Ich hänge den Rucksack an einem Riemen über meine Schulter und verlasse mein Zimmer. Um diese Uhrzeit sollten mir eigentlich nicht viele Leute begegnen, da sitzen die meisten an ihren Schreibtischen und machen Hausaufgaben. Auf der Treppe kommen mir zwei Jungs entgegen, ich grüße sie kurz, sie grüßen zurück, Cornibus hält still, alles gut.

Als ich am Speisesaal vorbeilaufe, muss ich ans Mittagessen denken. Da gab es wieder zwei Vorfälle mit dem Holzapfel und Gustav. Zuerst hat der Holzapfel ihm in der Schlange an der Essenausgabe einfach von hinten die Hosen runtergezogen, da war das Gelächter natürlich groß. Noch größer war es allerdings, als er sich später beim Essen an Gustav herangeschlichen und ihm eine neue Frisur aus Spaghetti verpasst hat. Das sah auch eigentlich sehr lustig aus, aber ich habe nicht gelacht. So langsam kann ich verstehen, wie sehr Gustav das nervt. Wir müssen unbedingt etwas gegen den Holzapfel unternehmen.

Als ich die Tür zum Schulhof öffne, steht plötzlich der Hasenfuß vor mir.

»Herr von Turbsnatas«, sagt er und sieht mich argwöhnisch an. »Wo wollen Sie denn hin? Jetzt ist Hausaufgabenzeit.«

»Äh … ich bin schon fertig«, sage ich. »Ich habe mein Mathebuch eben gerade verbrannt, wie es der Herr Holzapfel gefordert hat. Andere Hausaufgaben hatten wir heute nicht. Wir hatten ja kaum Unterricht. Das Experiment, Sie wissen doch.« Ich zwinkere ihm zu.

»Ach ja, stimmt«, sagt er. »Das Experiment. Ich bin ja wirklich sehr gespannt …«

»HAAAAATSCHI!«, unterbricht ihn ein lautes Niesen aus meinem Rucksack.

»Was war denn das?«, will der Hasenfuß wissen.

»Nichts«, antworte ich.

»Doch, natürlich war da was. Ich habe es ganz deutlich gehört. Ihr Rucksack hat geniest.«

»Hat er nicht«, erwidere ich. »Rucksäcke können nicht niesen.«

»Das weiß ich auch, dass Rucksäcke nicht niesen können. Aber …«

»HAAAAATSCHI!«

»Da, schon wieder!«, sagt der Hasenfuß und zeigt auf meinen Rucksack. »Was ist da drin?«

»Nichts«, sage ich.

»Wollen Sie mich veräppeln? Natürlich ist da was drin. Etwas, das geniest hat. Nichts niest nämlich nicht. Los, aufmachen!«

»Aber da ist wirklich nichts drin!«, sage ich. »Ich … ich übe nur.«

»Sie üben? Was üben Sie denn?«, fragt der Hasenfuß verwundert. »Wie man niesende Objekte in Rucksäcken versteckt?«

»Nein«, sage ich. »Ich … ich bin … ich bin Bauchredner!«

Uff, zum Glück ist mir gerade noch unsere Abteilung 99 eingefallen. Da sitzen die Befremdlichen Bauchredner. Die kriegen von ihren Bäuchen unaufhörlich die lahmsten Witze aller Zeiten erzählt. Und wenn sie nicht lachen, kriegen sie ganz schlimme Bauchschmerzen.

»Ach was, wirklich?«, sagt der Hasenfuß erstaunt. »Ich liebe Bauchredner! Sagen Sie mal was!«

»Äh … wie gesagt, ich übe ja noch«, erwidere ich. »Bis jetzt kann ich leider nur bauchniesen.«

»HAAAAATSCHI!«, ertönt es wie auf Kommando aus meinem Rucksack. »ÖCHÖ! ÖCHÖ!«

»Und husten!«, ergänze ich schnell. »Bauchhusten kann ich auch! Aber daran muss ich noch arbeiten.«

»Also, ich finde, das klingt schon ganz beeindruckend!«, sagt der Hasenfuß begeistert. »Und sehr realistisch! Dann üben Sie mal fleißig weiter! Und wenn Sie so weit sind, veranstalten wir extra für Sie einen Bauchredner-Abend in der Aula! Das wird großartig!«

»Äh … ja … sehr gern«, sage ich. »Dann muss ich aber noch *ganz viel* üben.«

»Machen Sie das, von Turbsnatas!«, sagt der Hasenfuß und klopft mir aufmunternd auf die Schulter. »Ich werde Sie auch nicht länger davon abhalten! Halten Sie mich auf dem Laufenden!«

Er verschwindet im Schulgebäude, ich laufe erleichtert aufatmend schnell weiter.

Vor der Hausmeisterwohnung warten Aaron und Gustav bereits auf mich. Wir klingeln, Herr Rosenberg öffnet die Tür.

»Hallo, Jungs«, begrüßt er uns. »Wie geht's euch? Ich hoffe, ihr hattet nicht so einen schlimmen Tag wie ich. Na, kommt erst mal rein. Lilly ist in der Küche.«

»Glauben Sie mir«, sagt Gustav. »Schlimmer als *mein* Tag kann Ihrer nicht gewesen sein.«

»Wieso?«, fragt Herr Rosenberg. »Wurdest du auch beim Schulhoffegen fast von einem brennenden Toaster erschlagen und später von einer Horde Sechstklässler überrannt, die dir sämtliche Süßigkeitenvorräte geplündert haben?«

Oh, an der Sache mit den Süßigkeiten bin dann wohl ich schuld. Aber das muss ich ihm ja nicht unbedingt sagen.

»Da kann ich locker mithalten«, sagt Gustav. »Und Sie können froh sein, dass es nur ein Toaster war. Beim nächsten Mal könnte *ich* es sein, der aus dem Fenster fliegt.«

Wir gehen durch den Flur in die Küche. Lilly sitzt am Tisch und löffelt einen Joghurt.

»Hi!«, begrüßt sie uns. »Alles okay bei euch?«

»Nicht unbedingt«, brummelt Gustav. »Deshalb sind wir ja hier.«

»Das erzählen wir dir gleich«, sage ich. »Zuerst hätte ich allerdings eine kleine Bitte.«

Ich stelle den Rucksack auf dem Küchentisch ab und ziehe den Reißverschluss auf.

»HAAAAATSCHI!«, erklingt es dumpf aus der Öffnung.

Ich hebe Cornibus aus dem Rucksack und setze ihn vorsichtig auf dem Tisch ab.

»HAAAAAAAAAATSCHI! ÖCHÖ! ÖCHO!«

»Oje, Cornibus, du Armer«, sagt Lilly. »Dir geht's aber gar nicht gut, oder?«

»Das fing heute Morgen an«, erkläre ich. »Er mag noch nicht mal mehr Schokolade essen.«

»Cornibus … Öchö! Öchö! … Cornibus sterben. Nie wieder … HAAAATSCHI! … Schlotzolade essen. BUHUHUUUU!«

»Verstehe«, sagt Lilly und zwinkert uns zu. »Cornibus hat einen Männerschnupfen. Den hat Onkel Wolfram auch zwei- bis dreimal im Jahr. Und dann denkt er jedes Mal, er stirbt daran, und jammert tagelang vor sich hin. Aber wie ihr seht, hat er bis jetzt noch jeden Schnupfen überlebt. Nicht wahr, Onkel Wolfram?«

Sie grinst ihn breit an.

»Lilly übertreibt maßlos«, erwidert Herr Rosenberg brummelnd. »Ich jammere überhaupt nicht. Obwohl so ein Schnupfen schon ein bisschen unangenehm ist.«

»Ein bisschen?«, sagt Lilly lachend. »Bei dir klingt das immer so, als würde dich Papa höchstpersönlich tagelang foltern!«

Herr Rosenberg zieht ein beleidigtes Gesicht und grummelt irgendetwas Unverständliches vor sich hin.

»Es besteht also keine Gefahr für Cornibus?«, frage ich vorsichtshalber nach. »Für ihn ist es ja der erste Schnupfen, er war noch nie krank.«

»Ach so, stimmt ja, er hatte so was noch nie«, sagt Lilly und streichelt Cornibus' Kopf. »Das muss natürlich ziemlich beängstigend sein. Aber mach dir keine Sorgen, Cornibus. Dir passiert nichts. Wir kümmern uns um dich und dann bist du ganz schnell wieder gesund.«

»Ich setze schon mal Wasser für den Tee und die heißen Wickel auf«, sagt Herr Rosenberg.

»Weiße Hickel lecker?«, fragt Cornibus.

»Nein, die sind nur heiß«, erklärt Herr Rosenberg. »Aber sie helfen dir, gesund zu werden. Aber nur, wenn du sie nicht isst. Komm, wir machen es dir erst mal gemütlich.«

Er nimmt einen Einkaufskorb, stopft ihn mit Handtüchern voll und setzt Cornibus vorsichtig hinein.

»Ihr wolltet mir etwas erzählen?«, fragt Lilly.

»Ja«, antwortet Gustav. »Es geht um den Holzapfel. Er ist komplett irre geworden.«

»Oder ein Dämon«, ergänzt Aaron. »Zumindest ist das meine Theorie. Theorie.«

»Was? Ein Dämon? Der Holzapfel?«, fragt Lilly aufgeregt. »Das klingt ja gar nicht gut. Los, erzählt schon!«

Wir berichten Lilly abwechselnd alles, was seit heute Morgen mit dem Holzapfel und Gustav passiert ist. Sie hört angespannt staunend zu, bis wir fertig sind.

»Uiuiui!«, sagt sie schließlich. »Da war ja richtig was los bei euch. Und ihr glaubt, dass der Holzapfel plötzlich ein Dämon ist?«

»Es ist zumindest eine Theorie«, sagt Aaron. »Die Erklärung mit dem Experiment halte ich jedenfalls für sehr unwahrscheinlich. Unwahrscheinlich.«

»Ja, das sehe ich auch so«, sagt Lilly. »Das mit dem Experiment ist Blödsinn. So was glaubt höchstens der Hasenfuß.«

»Wenigstens weiß ich jetzt, wo der Toaster herkam«, brummt Herr Rosenberg. »Beruhigend ist das allerdings nicht. Wenn der Holzapfel tatsächlich ein Dämon oder so was Ähnliches ist, solltet ihr euch so weit wie möglich von ihm fernhalten.«

»Aber wir wissen doch gar nicht, ob er wirklich ein Dämon ist«, sage ich. »Ich kann das immer noch nicht glauben. Dämonen kommen nicht einfach mal hier hoch, um Toaster aus dem Fenster zu werfen.«

»Genau deshalb müssen wir ja herausfinden, ob er einer ist oder nicht«, sagt Gustav und wendet sich an Lilly. »Wir dachten, dass du vielleicht eine Idee hast, wie wir das rauskriegen können?«

»Na, das ist doch gar kein Problem«, sagt Lilly. »Moment, ich bin gleich wieder da.«

Sie steht auf und verschwindet in ihrem Zimmer. Als sie wieder rauskommt, schwenkt sie die Streitaxt,

die Papa ihr zum Geburtstag geschenkt hat, über dem Kopf.

»Damit sehen wir ganz schnell, ob er ein Dämon ist!«, sagt sie grinsend. »Ich säble ihm einfach den Kopf ab! Wenn er danach noch laufen kann, ist er eindeutig ein Dämon!«

»Und wenn nicht, hast du einen harmlosen Lehrer umgebracht«, stelle ich fest.

»Leg sofort das Ding weg, Lilly!«, fordert Herr Rosenberg. »Ich hab's gestern schon gesagt: Im Haus wird nicht mit der Axt gespielt, das ist viel zu gefährlich. Ich kann es immer noch nicht fassen, dass Luzifer dir das geschenkt hat.«

»Aber ich muss doch lernen, damit umzugehen!«, erwidert Lilly. »Das wäre die perfekte Gelegenheit!«

»Kein zwölfjähriges Mädchen muss mit einer Streitaxt umgehen können«, erwidert Herr Rosenberg streng. »Auch nicht die Tochter des Teufels. Los, weg damit!«

»Och, Menno!«, motzt Lilly und legt die Axt seufzend auf dem Tisch ab. »Nichts darf man!«

»Ich muss deinem Onkel zustimmen«, sagt Aaron. »Eine Axt ist sicher nicht das geeignete Mittel, um herauszufinden, ob wir es mit einem Dämon zu tun haben. Tun haben.«

»Aber was sonst?«, fragt Gustav. »Wir müssen das wissen. Ich habe absolut keine Lust, mich weiter von ihm fertigmachen zu lassen.«

Okay, ich sehe schon, diese Dämonenidee ist nicht mehr aus ihren Köpfen rauszukriegen. Ich glaube zwar immer noch nicht daran, dass der Holzapfel ein Dämon ist, aber dann muss eben genau das bewiesen werden. Und ich weiß auch, wie.

»Auribus«, sage ich. »Auribus findet das ganz schnell raus. Er ist ein Spion-Dämon, genau für solche Sachen wurde er ausgebildet. Wahrscheinlich muss er dem Holzapfel nur kurz in die Augen schauen und weiß sofort, ob er ein Dämon ist oder nicht.«

»Okay, gut«, sagt Lilly. »Dann gehen wir doch am besten gleich zu Auribus.«

Gustav und Aaron stimmen zu, wir stehen auf.

»Cornibus ... Öchö! Öchö! ... Cornibus mitkommen?«, krächzt es leise aus dem Einkaufskorb zu uns herüber. »Hohlzapfel-Dämon fressen?«

»Das ist sehr lieb, Cornibus«, sage ich. »Aber das geht leider nicht, dafür bist du gerade viel zu schwach. Du musst hierbleiben und erst mal gesund werden. Außerdem wissen wir ja noch gar nicht, ob er wirklich ein Dämon ist.«

»Genau, du bleibst hier und lässt dich von mir gesund pflegen, du armer Tropf«, sagt Herr Rosenberg liebevoll. »Ich mache dir jetzt erst mal einen schönen heißen Wickel, danach geht's dir bestimmt schon besser.«

Er nimmt den Wasserkocher und gießt heißes Wasser über ein Handtuch. Dann nimmt er das Handtuch vorsichtig an den Rändern zwischen zwei Finger und trägt es zum Einkaufskorb.

»Sag Bescheid, wenn es zu heiß ist«, sagt er und wickelt das Handtuch um Cornibus.

Cornibus seufzt wohlig auf, dicke Dampfwolken steigen von seinem Kopf auf.

»Cornibus nie zu heiß«, seufzt er. »Weiße Hickel schöööööööön.«

»Vielen Dank, dass Sie sich um ihn kümmern, Herr Rosenberg«, sage ich. »Das ist sehr lieb.«

»Kein Problem, das mache ich doch gerne«, sagt er. »Geht ihr mal zu Auribus. Aber seid bitte vorsichtig und bringt euch nicht unnötig in Gefahr. Lasst ihn erst mal allein herausfinden, ob es sich um einen Dämon handelt.«

»Machen wir, Onkel Wolfram«, sagt Lilly. »Bis später!«

Wir verlassen die Küche.

»Lilly?«, ruft uns Herr Rosenberg hinterher, als wir schon fast aus der Tür sind. »Die Axt bleibt hier!«

»Na super!«, nölt Lilly und stellt die Axt, die sie hinter ihrem Rücken versteckt hatte, grummelnd neben der Tür ab. »Wofür hab ich sie denn geschenkt gekriegt, wenn ich sie nicht mal ausprobieren darf?«

Unvorhergesehene Weecksituationen

Fünf Minuten später stehen wir vor der Tür zur Krankenstation. Aaron klopft an, wir warten, nichts passiert.

»Ist er überhaupt schon wieder hier oben?«, fragt Gustav.

Stimmt, Auribus war ja gestern noch in der Hölle und hat den anderen geholfen, mich reinzulegen. Eigentlich hatte ich mir auch fest vorgenommen, deshalb noch sauer auf alle zu sein, aber irgendwie hatte ich das heute Morgen schon wieder vergessen.

»Er hat gestern bei unserer Verabschiedung gesagt, wir würden uns morgen ja vielleicht sehen«, sagt Lilly.

»Dann müsste er ja eigentlich da sein. Da sein«, sagt Aaron und klopft noch einmal, diesmal aber lauter.

Wir warten wieder eine Weile, keine Reaktion.

Ich drücke die Türklinke nach unten, es ist nicht abgeschlossen. Ich öffne die Tür, wir gehen hinein, der Vorraum der Krankenstation ist leer.

»Hallo?«, rufe ich und erhalte keine Antwort.

»Schwester Miriam?«, versucht es Gustav.

Ach ja, Auribus ist natürlich in seiner menschlichen Form in St. Fidibus, daran hätte ich jetzt gar nicht mehr gedacht. Aber egal in welcher Form, Auribus scheint nicht hier zu sein.

»Was ist denn das für ein Geräusch?«, fragt Lilly und spitzt die Ohren. »Hört ihr das auch?«

Wir lauschen gespannt. Stimmt, da ist was. Ein Röcheln. Und ein Pfeifen.

»Das kommt von da«, sagt Gustav und zeigt auf die Tür zum Behandlungszimmer.

Wir öffnen die Tür und gehen hinein. Dort liegt Auribus als Schwester Miriam auf der Behandlungsliege und schläft mit weit aufgerissenem Mund, aus dem abwechselnd diese Röchel- und Pfeifgeräusche kommen.

»Da ist offenbar jemand sehr müde«, sagt Lilly grinsend.

»Wecken oder später noch mal wiederkommen?«, fragt Gustav.

»Wecken«, sage ich und erhebe meine Stimme leicht. »Auribus? Hallo? Auribus? Aufwachen!«

Keine Reaktion.

Aaron geht etwas näher an ihn heran. Er fährt einen Zeigefinger aus und stupst ganz sanft an Auribus' Arm. Noch im selben Augenblick fährt Auribus in die Höhe, vollzieht einen Salto von der Liege herunter und stellt sich uns mit geballten Fäusten entgegen.

»HYYYY-AAAAA!«, schreit er und fuchtelt mit den Armen wild in der Luft herum. »WER SEID IHR? WAS WOLLT IHR? WER BIN ICH GERADE?«

»Ganz ruhig bleiben, Auribus«, sage ich. »Wir sind's nur. Und du bist gerade Schwester Miriam.«

»Uff!«, sagt Auribus erleichtert aufatmend. »Dann ist's ja gut. Ihr müsst aufpassen, wenn ihr mich weckt. Ich habe im Schlafzustand einen antrainierten Angriffsmodus für unvorhergesehene Wecksituationen. Darin hatte ich immer eine Eins in der Spionschule.«

»Sehr beeindruckend. Beeindruckend«, sagt Aaron.

»Wieso seid ihr hier?«, fragt Auribus. »Ist irgendjemand verletzt? Bitte sagt mir, dass jemand verletzt ist. Es war schon über eine Woche niemand verletzt hier. Noch nicht mal einer, der sich seinen Bleistift oder irgendwas anderes zu tief in die Nase gesteckt hat. Davon kommen normalerweise mindestens drei am Tag. Aber zurzeit passiert absolut nichts hier. Ich sterbe bald vor Langeweile. Also, wer von euch ist verletzt?«

»Tut uns leid«, sagt Aaron bedauernd. »Von uns ist niemand verletzt. Verletzt.«

»Aber wir können etwas gegen deine Langeweile unternehmen«, sagt Lilly.

»Kannst du herausfinden, ob der Holzapfel vielleicht ein Dämon ist?«, fragt Gustav.

»Der Holzapfel?«, wiederholt Auribus verwundert. »Ihr meint den Lehrer Holzapfel? Der mit den wenigen Haaren auf dem Kopf?«

»Genau den meinen wir«, bestätigt Lilly.

»Aber wieso sollte der denn ein Dämon sein?«, will Auribus wissen.

Wir erzählen ihm in Kurzform alles, was heute Morgen passiert ist.

»Aha, verstehe«, sagt er, als wir fertig sind. »Das klingt allerdings sehr verdächtig. Es könnte sich tatsächlich um einen Dämon handeln. Aber das kriegen wir schon raus. Genau dafür habt ihr ja mich, den Meister-Dämonenentlarver. In diesem Fach war ich natürlich auch der Beste. Und der Schnellste. Gebt mir eine Minute mit ihm und ich kann euch nicht nur sagen, ob er ein Dämon ist, sondern auch noch, was er heute Mittag gegessen hat.«

»Spaghetti«, sagt Gustav. »Er hat Spaghetti gegessen. Wir waren dabei.«

»Sehr gut, dann muss ich mich darum nicht mehr kümmern«, sagt Auribus. »Wisst ihr zufällig, wo sich der Verdächtige gerade aufhält?«

»Um diese Uhrzeit sind die Lehrer meistens in ihren Wohnungen im Seitentrakt«, sagt Aaron. »Ich weiß, wo der Holzapfel wohnt. Wohnt.«

»Perfekt«, sagt Auribus und klatscht in die Hände. »Dann lasst uns doch am besten sofort dorthin gehen und einen möglichen Dämon entlarven. Und falls er wirklich einer ist, werde ich selbstverständlich eigenhändig dafür sorgen, dass er euch nicht weiter belästigt.«

»Das wäre super«, sagt Gustav. »Geht das auch, wenn er kein Dämon ist?«

»Aber sicher doch!«, antwortet Auribus. »Dämonen, Menschen, Rasenmäher, Kleintiere, ich kann alles und jeden nachhaltig verschwinden lassen! Darin war ich übrigens auch Klassenbester!«

»Ich habe nichts anderes erwartet«, sage ich grinsend.

Wir machen uns gemeinsam auf den Weg zum Seitentrakt.

Ich glaube ja immer noch nicht, dass der Holzapfel ein Dämon ist. Oder besser gesagt: Ich *will* es nicht glauben. Aus dem ganz einfachen Grund, dass ich gerade überhaupt keine Lust auf irgendwelche höllischen Begegnungen habe. Vor allem nach der Geburtstagsaktion gestern nicht, das war erst mal mehr als genug Hölle für mich. Wofür bin ich denn schließlich hier oben, wenn dann doch ständig irgendetwas Höllisches passiert?

Fünf Minuten später stehen wir vor einer Wohnungstür im zweiten Stockwerk des Seitentrakts.

»Hier ist es«, flüstert Aaron. »Hier wohnt der Holzapfel. Holzapfel.«

»Okay«, flüstert Auribus uns zu. »Lasst mich das machen. Ihr bleibt so lang hier draußen, sonst schöpft er noch Verdacht.«

Wir nicken alle zustimmend und drücken uns links und rechts von der Tür flach an die Wand. Auribus streckt uns einen Daumen entgegen und klopft an.

»Herein!«, ertönt Holzapfels Stimme von drinnen.

Auribus öffnet die Tür und schiebt seinen Kopf durch den Spalt.

»Hallo, Herr Holzapfel«, sagt er. »Ich bin's, Schwester Miriam. Hätten Sie einen Moment Zeit für mich? Direktor Hasenfuß hat angeordnet, dass ab sofort alle

Lehrkräfte regelmäßig auf Kopfläuse untersucht werden sollen. Das müsste ich kurz machen. Wird bei Ihnen ja auch nicht lang dauern. Haha, kleiner Witz! Darf ich reinkommen?«

»Sehr gern«, antwortet der Holzapfel. »Kommen Sie rein, Schwester Miriam.«

Auribus schließt die Tür hinter sich, wir lösen uns von den Wänden und warten gespannt ab, was passiert.

Wir hören gedämpft die Stimmen der beiden, können aber nichts verstehen. Das geht eine ganze Weile so, bis plötzlich ein lauter Schrei ertönt.

»AAAAAAAH! HILFEEEEE!«

»Das ist Auribus«, sagt Aaron. »Und das klingt nicht gut. Nicht gut.«

»Verdammt, was machen wir denn jetzt?«, fragt Gustav.

»Ganz einfach«, sagt Lilly entschlossen. »Wir müssen ihm helfen.«

Sie öffnet die Tür, wir stürmen hinter ihr hinein. Im nächsten Moment befinden wir uns in einem großen Zimmer. In der Mitte steht der Holzapfel. Er hält Auribus in seiner Dämonenform an einem Arm nach oben ausgestreckt in der Luft.

»Ah, noch mehr Besuch«, sagt der Holzapfel grinsend, wobei seine Augen rot leuchten.

»ICH BIN MIR NOCH NICHT GANZ SICHER!«,

ruft Auribus uns zu. »ABER ICH GLAUBE, ES HANDELT SICH WIRKLICH UM EINEN DÄMON! UND ER IST STÄRKER ALS ICH!«

Okay. So viel zu meinem Wunsch nach weniger höllischen Zeiten.

»Lass ihn sofort los!«, fordert Lilly.

»Oh, die Tochter des Chefs höchstpersönlich!«, sagt der Holzapfel grinsend. »Dann sind ja alle da. Freut ihr euch, mich wiederzusehen?«

Wiederzusehen? Das heißt, wir haben uns schon mal gesehen? Aber wo und wann denn?

»Dafür müssten wir erst mal wissen, wer du bist«, erwidere ich, um das herauszufinden.

»Ach, kommt schon«, sagt der Holzapfel. »Ihr werdet mich doch nicht so schnell schon wieder vergessen haben. Vor allem du nicht, Gustav.«

Wir sehen uns gegenseitig verwundert an.

»Ich habe nicht die geringste Ahnung, wer du bist!«, sagt Gustav schließlich. »Und wieso du dir ausgerechnet mich als Opfer ausgesucht hast, weiß ich erst recht nicht! Kannst du mir vielleicht endlich mal erklären, was das alles soll?«

»So jung und schon so vergesslich, dummer Gustav?«, erwidert der Holzapfel. »Also, ich könnte mich noch sehr gut daran erinnern, wenn ich gerade gestern erst jemanden ANGEPINKELT HÄTTE!«

Oh, verdammt. Ich glaube, jetzt weiß ich, wer das ist.

»Das ist Bollock«, bestätigt Aaron meine Vermutung. »Der Dämon, den wir gestern in der Hölle getroffen haben. Haben.«

»Ja«, sagt Gustav und schluckt einmal tief. »Der Dämon, den ich ausgepinkelt habe.«

»WAS DU NOCH BITTER BEREUEN WIRST!«, schreit Bollock plötzlich mit seiner echten Stimme. »NIEMAND PINKELT BOLLOCK UNGESTRAFT AN!«

Das Rot in seinen Augen leuchtet jetzt noch stärker und um seinen Kopf herum steigen kleine schwarze Rauchschwaden auf.

»Wie bist du hier hochgekommen?«, will ich wissen. »Kein Dämon kommt ohne Erlaubnis meines Vaters nach oben.«

»DAS STIMMT!«, sagt Bollock lachend. »ES SEI DENN, ER HÄNGT SICH HEIMLICH AN EINE GRUPPE AHNUNGSLOSER KINDER! IHR SELBST HABT MICH MITGENOMMEN! ICH WAR IN DEINER JACKE VERSTECKT! JA, SO EINFACH IST ES OFFENBAR, DEN SOHN UNSERES ALLMÄCHTIGEN CHEFS ZU ÜBERTÖLPELN!«

Was? Mist, verdammter. Man sollte wohl besser immer seine Jackentaschen nach unerwünschten Mitreisenden untersuchen, bevor man irgendwohin aufbricht.

»Was hast du mit Herrn Holzapfel gemacht?«, fragt Lilly angespannt.

»DU MEINST DEN MENSCHLING, DEN DU GERADE VOR DIR SIEHST?«, erwidert Bollock. »KEINE SORGE, IHM GEHT ES GUT, SOWEIT ICH DAS BEURTEILEN KANN. ICH HABE MIR NUR SEINEN MICKRIGEN KÖRPER AUSGELIEHEN, UM EIN BISSCHEN SPASS MIT MEINEM HEISSGELIEBTEN GUSTAV ZU HABEN.«

»Den hattest du ja«, knurrt Lilly. »Wir wissen jetzt, wer du bist. Du kannst seinen Körper also wieder verlassen.«

»STIMMT, DAS KÖNNTE ICH. WILL ICH ABER NICHT. DIESE HÜLLE IST PERFEKT DAFÜR GEEIGNET, UM EUCH WEITER DAS LEBEN ZUR HÖLLE ZU MACHEN. VOR ALLEM DIR, DUMMER GUSTAV. WILLST DU WISSEN, WAS ICH FÜR MORGEN FÜR DICH GEPLANT HABE? ACH, NEIN, ICH VERRATE ES DIR LIEBER NICHT.

ICH MÖCHTE DIR DIE GRAUENVOLLE ÜBERRASCHUNG NICHT VERDERBEN.«

»Vergiss es«, sage ich. »Wir wissen jetzt, dass du ein Dämon bist. Damit kommst du nicht durch.«

»ACH JA? WIESO NICHT? WAS WOLLT IHR MACHEN? MICH BEIM DIREKTOR VERPFEIFEN? NUR ZU. SOWEIT ICH WEISS, DARF HIER OBEN NIEMAND WISSEN, WER DU WIRKLICH BIST, VITUS. WENN DU MICH VERRÄTST, VERRÄTST DU GLEICHZEITIG DEIN GEHEIMNIS. UND DANN MUSS DEIN VATER LEIDER HIER HOCHKOMMEN UND JEDE MENGE KÖPFE ABREISSEN.«

Verdammt, er hat leider recht. Das würde Papa wahrscheinlich machen.

»Wir müssen dich nicht verpfeifen«, knurrt Lilly. »Wir müssen dich einfach nur erledigen und notfalls in kleinen Stückchen wieder runterschicken. Und ich bin schon sehr gespannt darauf, was mein Vater dann *dir* alles abreißen wird.«

»MICH ERLEDIGEN?«, erwidert Bollock lachend. »WIE WOLLT IHR DENN DAS ANSTELLEN? MIT EUREM KOMISCHEN SPION-DÄMON HIER, DER NICHT MAL EINE FLIEGE ERLEDIGEN KÖNNTE? HAHA, DER WAR GUT! MICH ERLEDIGEN! ICH LACH MICH SCHLAPP!«

»Hey!«, beschwert sich Auribus, der immer noch über Bollock in der Luft hängt. »Ich habe schon jede Menge Fliegen erledigt! Drei Stück nämlich! Mindestens! Ich hatte sogar eine Eins im Fliegenerledigen!«

»OHO, GANZE DREI FLIEGEN HAT ER SCHON ERLEDIGT! NA, DANN IST ER JA EIN RICHTIGER FLIEGENEXPERTE! MAL GUCKEN, OB ER AUCH FLIEGEN KANN!«

Bollock wirft Auribus in Richtung Gustav, als wäre er so leicht wie ein Fußball. Gustav duckt sich gerade noch rechtzeitig, Auribus knallt hinter ihm an die Wand und bleibt regungslos liegen.

»Du verdammter Mistkerl!«, schreit Lilly. »Lass meine Freunde in Ruhe!«

»DAS KANN ICH LEIDER NICHT«, erwidert Bollock. »WIE SOLL ICH DENN DEINE FREUNDE ORDENTLICH QUÄLEN, WENN ICH SIE IN RUHE LASSE? NICHT WAHR, GUSTAV? WIESO HÜPFST DU EIGENTLICH NICHT?«

»WEIL DU HIER GLEICH DER EINZIGE BIST, DER HÜPFEN WIRD, DU BLÖDER DÄMONENSACK!«, schreit Lilly.

Sie reißt ihre Arme nach vorne, streckt Bollock ihre Handflächen entgegen und sieht mich erwartungsvoll eindringlich an.

»Luzie!«, fordert sie mich auf.

»Das bringt doch nichts«, erwidere ich. »Das hat uns unten auch nicht geholfen.«

»Unten hatte er keinen Körper«, sagt sie grinsend. »Los, jetzt!«

Ich reiße ebenfalls meine Arme nach vorne, im selben Moment schießen blaue Blitze aus unseren Händen. Sie

schlagen in Holzapfels Brust ein, er taumelt rückwärts, fällt aber nicht um.

»AHA, SO FÜHLT SICH DAS ALSO AN«, sagt Bollock. »INTERESSANT.«

Er schüttelt sich kurz, greift nach einer Stehlampe, schwenkt sie über dem Kopf und kommt uns damit bedrohlich nahe.

»Noch mal!«, schreit Lilly mir zu. »Volle Kraft!«

Wir feuern eine zweite Ladung Blitze auf ihn ab. Diesmal erzielen sie mehr Wirkung, Bollock taumelt rückwärts, lässt die Lampe fallen und sackt ächzend auf dem Boden zusammen.

»Noch mal!«, schreit Lilly. »Geben wir ihm den Rest!«

»Nein«, erwidere ich und lasse meine Arme sinken. »Wir wissen nicht, ob Holzapfels Körper das übersteht. Er darf nicht zu Schaden kommen, er kann ja nichts dafür.«

»Aber Bollock ist doch noch da drin!«, sagt Lilly. »Jetzt haben wir die Chance, ihn loszuwerden!«

»Und wie genau willst du das machen?«, frage ich. »Weißt du, wie man einen Dämon aus einem menschlichen Körper entfernt, ohne dem Menschen dabei zu schaden?«

»Nein, weiß ich nicht«, erwidert Lilly.

»Siehst du, ich auch nicht«, sage ich. »Deshalb schlage ich vor, dass wir erst mal abhauen und zusammen in Ruhe überlegen, was wir als Nächstes machen.«

»Ihr könntet einfach euren Vater fragen«, schlägt Gustav vor. »Der würde kurzen Prozess mit ihm machen.«

»Ich will nicht wegen jedem dahergelaufenen Dämon gleich meinen Vater zur Hilfe rufen«, sage ich. »Außerdem haben wir ihn ja hier hochgebracht. Das ist peinlich genug, das muss mein Vater nicht auch noch wissen.«

»Okay, von mir aus«, stöhnt Lilly. »Dann hauen wir eben ab.«

»Was ist mit Auribus?«, frage ich in Richtung Aaron, der sich gerade über ihn beugt.

»Er kommt gerade wieder zu sich«, antwortet Aaron. »Er sieht ein bisschen ramponiert aus, scheint aber keine nachhaltigen Schäden davongetragen zu haben. Haben.«

»Ooooooh, mein Kopf!«, stöhnt Auribus. »Ich glaube, ich muss auf die Krankenstation und mich selbst verarzten.«

»Wir bringen dich hin«, sage ich. »Kannst du dich zurückverwandeln? Es wäre nicht so gut, wenn dich da draußen jemand so sieht.«

Unter großem Stöhnen und Ächzen verwandelt sich Auribus in Schwester Miriam.

Wir werfen einen letzten Blick auf Bollock, der leise auf dem Boden vor sich hin jammert.

»Eins sag ich dir«, knurrt Lilly ihn an. »Beim nächsten Mal bringe ich meine Axt mit.«

Wir helfen Auribus auf die Beine und verlassen die Wohnung.

In beide Backen

»Okay, Jungs«, sagt Lilly. »Wir brauchen einen Schlachtplan. Irgendjemand eine Idee?«

»Ja, ich«, sage ich. »Wir streichen erst mal das Wort *Schlacht*. Mit Gewalt kommen wir nicht weiter, das ist zu gefährlich für den Holzapfel.«

»Na gut«, stöhnt Lilly. »Dann eben ohne Schlacht. Aber einen Plan brauchen wir trotzdem noch. Wie können wir diesen Mistkerl loswerden?«

»Möglichst bevor er mich aus dem Fenster wirft«, ergänzt Gustav. »Oder mich irgendwie sonst zu Tode quält. Eins steht fest: Ich pinkle nie wieder ein Lagerfeuer aus. Tut mir echt leid, dass ihr jetzt wegen mir so viel Ärger habt.«

»Haben wir nicht«, sagt Aaron. »Wenn du ihn in der Hölle nicht angepinkelt hättest, hätte er uns wahrscheinlich da unten schon alle erledigt. Du hast uns gerettet, dafür musst du dich nicht entschuldigen. Entschuldigen.«

»Genau«, sage ich. »Wenn, dann muss ich mir hier

Vorwürfe machen. Er ist schließlich in meiner Jacke versteckt mit uns nach oben gekommen.«

»Das konntest du aber nicht ahnen«, sagt Gustav. »Niemand konnte das ahnen.«

Das stimmt natürlich, das konnte ich wirklich nicht ahnen. Trotzdem fühle ich mich nicht ganz unschuldig daran, dass wir jetzt hier oben einen Dämon bekämpfen müssen.

Wir sitzen alle zusammen auf meinem Bett. Auribus haben wir in die Krankenstation gebracht. Er hat eine kleine Wunde am Kopf und höchstwahrscheinlich eine Gehirnerschütterung. Wir haben ihm geholfen, seinen Kopf zu verbinden, und kurze Zeit später ist er eingeschlafen. Mit ihm können wir definitiv erst mal nicht rechnen, wenn es darum geht, Bollock loszuwerden.

»Vielleicht könnte man ihn irgendwie aus Holzapfels Körper rauslocken?«, schlägt Aaron vor. »Wir müssten einen Anreiz dafür schaffen. So wie Schokolade bei Cornibus, dafür würde er ja fast alles tun. Gibt es vielleicht irgendetwas, auf das Dämonen besonders stehen? Stehen?«

»Ja«, antworte ich. »Unruhe stiften und Leute quälen. Mit Schokolade können wir ihn ganz sicher nicht rauslocken.«

»Aber womit sonst?«, rätselt Lilly. »Gibt es … Was ist das denn für ein Klappern?«

Stimmt, irgendwas klappert plötzlich. Wir sehen uns alle um, um herauszufinden, woher es kommt.

»Das kommt aus deiner Nachttischschublade«, sagt Aaron schließlich. »Hoffentlich ist da nicht auch noch ein Dämon drin. Dämon drin.«

Tatsache, mein Nachttisch wackelt und klappert, es wird immer stärker. Und ich ahne auch, was dieses Klappern erzeugt. Natürlich! Dass ich da nicht gleich dran gedacht habe.

»Mein Handbuch!«, sage ich aufgeregt. »Das ist mein Dämonenhandbuch! Es will uns helfen!«

Ich ziehe schnell die Schublade auf, das Handbuch springt mir fast entgegen. Ich lege es aufs Bett, damit es alle gut sehen können. Es schlägt sich von selbst auf und flattert mit den Seiten hin und her, bis es schließlich auf einer Seite stehen bleibt.

Wir lesen gespannt, was dort steht.

Das Zwicken gegen die feindliche Übernahme

Bewirkt, dass eine von Dämonen oder artverwandten Höllenbewohnern besessene Person der Oberwelt den ungebetenen Eindringling zumeist unbeschadet wieder loswird. Anzuwenden bei Gefahr für Leib und Leben des oder der Besessenen oder anderer Zielpersonen des Aggressors. Achtung: Funktioniert nicht bei elektronischen Gerätschaften oder anderen leblosen Gegenständen.

Zielobjekt bei vollem Bewusstsein gleichzeitig in beide Backen (Gesicht!) zwicken und dabei Folgendes laut aufsagen:

Der Mensch rastet aus – der Dämon muss raus!

Der Aggressor wird zeitnah durch die nächstgelegene Körperöffnung austreten und kann nicht in eine bereits besessen gewesene Person zurückkehren.

»Das ist perfekt!«, sage ich begeistert. »So werden wir ihn los!«

»Ja, das ist super!«, stimmt Gustav mir zu.

»Vorausgesetzt, Luzie kommt nah genug an ihn heran, um ihn in die Wangen zu zwicken. Zwicken«, sagt Aaron.

»Ich könnte ihm mit meiner Axt den Kopf abschlagen«, sagt Lilly fies grinsend. »Dann geht das mit dem Zwicken ganz einfach.«

»Zum letzten Mal, Lilly!«, stöhne ich genervt auf. »Die Axt bleibt zu Hause!«

»War doch nur ein Spaß«, sagt Lilly kichernd. »Aber irgendwann werde ich die Axt benutzen, das steht fest.«

»Ja«, erwidere ich grinsend. »Wenn wir mal ganz dringend Holz hacken müssen, um einen Dämon zu erledigen.«

»Ihr könnt ihn doch einfach noch mal umblitzen«, schlägt Gustav vor. »Dann klappt das mit dem Zwicken locker.«

»Nein, das geht leider nicht«, erwidere ich. »Da steht, er muss bei vollem Bewusstsein sein. Wenn wir ihn umblitzen, wird er vielleicht ohnmächtig, das bringt uns nichts.«

»Vielleicht sollten wir jetzt gleich rüber zu Holzapfel gehen?«, schlägt Aaron vor. »Könnte ja sein, dass Bollock sich nicht komplett von eurer letzten Attacke erholt hat und noch geschwächt ist. Dann kommt Luzie eventuell leichter an ihn heran. Heran.«

»Ein sehr guter Vorschlag«, sagt Lilly. »Je länger er Zeit hat, sich zu erholen, umso gefährlicher wird er wieder.«

»Alles klar«, sage ich. »Dann los!«

Fünf Minuten später stehen wir wieder vor der Tür zu Holzapfels Wohnung. Ich lege ein Ohr an die Tür, kann aber nichts hören. Ich schüttle den Kopf, lege einen Finger auf meinen Mund und drücke ganz vorsichtig die Klinke nach unten.

Wir betreten das Zimmer, der Holzapfel ist nicht zu sehen.

»Vielleicht hat er eingesehen, dass er gegen uns keine Chance hat?«, mutmaßt Lilly. »Die Blitze waren vielleicht zu viel für ihn.«

»Ich weiß nicht«, sage ich. »Normalerweise geben Dämonen nicht so schnell auf. Das sind im Allgemeinen sehr sture Burschen, die …«

»**HAHA!**«, lässt uns eine Stimme erschreckt zusammenzucken.

Im selben Augenblick springt Bollock hinter einem Sofa hervor.

»**IHR KOMMT FREIWILLIG ZURÜCK?**«, sagt er. »**ICH WUSSTE GAR NICHT, DASS LUZIFERS KINDER LEBENSMÜDE SEIN KÖNNEN!**«

Plötzlich fliegt ein ganzer Schwung Messer direkt auf uns zu.

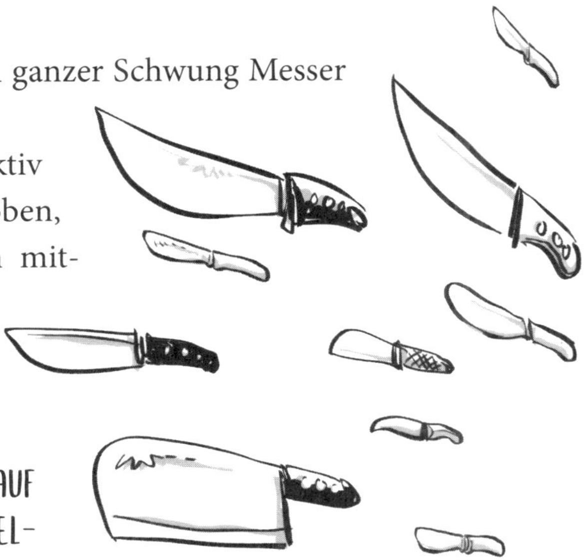

Lilly reißt instinktiv ihre Arme nach oben, die Messer stoppen mitten in der Luft und fallen klimpernd auf den Boden.

»**DAS WIRD EUCH AUF DAUER AUCH NICHT HEL-**

FEN!«, schreit Bollock. »MAL SEHEN, WER MEHR AUSDAUER HAT!«

Er greift nach allem, was er findet, und feuert in unsere Richtung. Lilly wehrt alles ab. Mist, so komme ich nie näher an ihn heran. Ich habe eine Idee.

»Hey!«, rufe ich. »Stopp! Warte doch mal! Du weißt doch gar nicht, warum wir hier sind!«

»DOCH, WEISS ICH!«, erwidert er. »IHR SEID HIER, UM ZU STERBEN!«

Ich lasse mich auf die Knie fallen.

»Wir wollen dir nichts tun!«, sage ich. »Wir haben einen Vorschlag!«

Er hört auf, mit Sachen zu werfen.

»EINEN VORSCHLAG?«, fragt Bollock argwöhnisch. »DANN LASST MAL HÖREN.«

»Wir haben eingesehen, dass du zu mächtig für uns bist«, sage ich.

»OHO! HÖRT, HÖRT!«, sagt Bollock. »IHR SEID OFFENBAR DOCH SCHLAUER, ALS IHR AUSSEHT!«

»Ja, sind wir«, sage ich kleinlaut. »Wir haben auf lange Sicht keine Chance gegen dich. Deshalb möchten wir dir einen Deal vorschlagen.«

»ICH HÖRE.«

»Na ja«, sage ich. »Du hast es doch hauptsächlich auf Gustav abgesehen. Und wenn du Lilly und mir etwas antust, wirst du die Rache unseres Vaters höchstwahrscheinlich nicht überleben. Von daher dachten wir, wir geben dir einfach Gustav. Du kannst mit ihm machen, was du willst, und dann verschwindest du.«

»Äh … Moment mal«, sagt Gustav. »Das war aber nicht der Plan.«

»Tut uns leid, Gustav«, sagt Lilly. »Wenn wir dir das vorher gesagt hätten, wärst du ganz sicher nicht mitgekommen.«

»Ja«, sagt Aaron. »Wir sind untröstlich. Aber das ist die einzige Möglichkeit, wie wir unbeschadet aus der Sache rauskommen. Also, wir drei zumindest. Du leider nicht. Aber du hättest den lieben Herrn Bollock eben auch nicht anpinkeln dürfen, so was macht man nicht. Sorry. Sorry.«

»Ja … Aber … Aber … Das könnt ihr doch nicht machen!«, stammelt Gustav entsetzt.

»Glaub mir, das ist die beste Lösung«, sage ich. »Also, für uns. Wir werden dich auch nie vergessen, versprochen.«

»Wie nett von euch«, knurrt Gustav uns an. »Soll

mich das etwa darüber hinwegtrösten, dass meine besten Freunde mich, ohne mit der Wimper zu zucken, an einen Dämon ausliefern?«

»Wenn dir das hilft, zucke ich gerne kurz mit der Wimper«, sage ich. »Wäre dir links oder rechts lieber?«

»Danke, nicht nötig«, brummt Gustav. »Das hilft mir dann auch nicht mehr, wenn ich gleich tot bin.«

»Wie sieht's aus?« Ich wende mich an Bollock. »Haben wir einen Deal?«

»IHR WOLLT ALSO TATSÄCHLICH EUREN FREUND OPFERN?«, fragt Bollock skeptisch.

»Ach, na ja«, sagt Lilly. »Wir haben doch noch einen. Und er ist ja auch nur ein Mensch. Und dazu noch kein besonders schlauer. Hier laufen ja genug Menschen rum, wir finden bestimmt schnell einen Ersatz.«

»So ist es«, bestätige ich. »Außerdem sollten wir Höllenbewohner doch zusammenhalten und uns nicht gegenseitig fertigmachen, oder?«

»HM, DA IST WAS DRAN«, sagt Bollock nachdenklich. **»GUT, VON MIR AUS KÖNNEN WIR DAS GERN SO MACHEN. ICH KRIEGE DEN DUMMEN GUSTAV UND WIR SIND QUITT.«**

»Prima!«, sage ich grinsend und stehe auf. »Damit können wir doch alle gut leben, denke ich. Außer Gustav, natürlich.«

Ich gehe auf Bollock zu und strecke ihm meine Hand entgegen.

»Komm, schlag ein«, fordere ich ihn auf. »Dann ist das nach Höllenart offiziell besiegelt.«

Er greift nach meiner Hand. Ich ziehe ihn an mich, lasse seine Hand wieder los, schlinge beide Arme um ihn und klopfe ihm kräftig auf den Rücken.

»Mein Vater wäre stolz auf dich«, sage ich. »Ich werde bei ihm ein gutes Wort für dich einlegen, damit du dich unten wieder frei bewegen kannst.«

»OH, DAS IST ABER SEHR NETT VON DIR«, sagt Bollock, während er ebenfalls kräftig auf meinen Rücken klopft.

»Tja, so bin ich«, sage ich und grinse, als wir uns langsam voneinander lösen.

In dem Moment, als meine Hände wieder frei sind, reiße ich sie nach oben und zwicke ihn fest in die Backen.

»DER MENSCH RASTET AUS – DER DÄMON MUSS RAUS!«, rufe ich, so schnell und laut ich kann.

Ich trete einen Schritt zurück. Bollock sieht mich verwirrt an. Wir starren gespannt auf ihn.

»WAS ... WAS HAST DU GEMACHT?«, fragt er mit weit aufgerissenen Augen. **»DAS IST ... OH, NEIN! ... DU HAST ... DAS WAR ... DU VERDAMMTER ...«**

PFFFFFRÖÖÖÖÖÖÖÖÖÖT!

Eine dicke schwarze Wolke steigt langsam aus Holzapfels Hintern nach oben und löst sich in mehreren kleinen Rauchschwaden in Richtung Decke auf, wäh-

rend der Holzapfel ohnmächtig auf dem Boden zusammensackt.

»Jetzt wissen wir auch, in welchem Körperteil sich Bollock am liebsten aufhält«, sage ich und drehe mich grinsend zu den anderen um. »Passt zu seinem Charakter, finde ich.«

»Saubere Arbeit, Bruderherz!«, ruft Lilly begeistert und lässt ihre Hand an meine klatschen. »Hast du super hingekriegt!«

»Ihr habt aber auch perfekt mitgespielt«, sage ich. »Sehr cool, wie ihr sofort auf meine Idee eingestiegen seid.«

»Ich … bin nicht … eingestiegen«, sagt Gustav schwer atmend. »Ich hab euch das … echt abgenommen.«

»Was?«, erwidere ich erstaunt. »Du hast ernsthaft geglaubt, dass wir dich an diesen Mistkerl ausliefern?«

»Hätte doch sein können«, antwortet Gustav. »Das klang schon sehr überzeugend.«

»Aber das würden wir doch nie im Leben machen«,

sage ich. »Das musst du doch wissen. Du bist unser Freund. Ich würde niemals einen Freund an einen Dämon oder irgendwas anderes ausliefern.«

»Das ist schön zu wissen«, sagt Gustav und lächelt erleichtert. »Aber kannst du das beim nächsten Mal bitte vorher sagen? Du hast mir einen ganz schönen Schrecken eingejagt.«

»Das tut mir leid«, sage ich. »Wobei: Nö, tut mir gar nicht so leid. Sieh es als kleine Rache für eure Geburtstagsüberraschung gestern. Jetzt weißt du, wie sich das anfühlt, wenn man von den eigenen Freunden ganz fies reingelegt wird.«

»Ooooooh … Au …«, ertönt ein Stöhnen von unten. »Was ist … was ist denn passiert?«

Der Holzapfel ist wieder wach. Er setzt sich auf und reibt mit beiden Händen und schmerzverzerrtem Gesicht über seine Stirn.

»Wie geht es Ihnen?«, fragt Lilly besorgt. »Alles in Ordnung?«

»Ich … ich weiß es noch nicht genau. Mein Kopf tut höllisch weh«, antwortet der Holzapfel und sieht sich um. »Wo bin ich überhaupt? Ach, in meiner Wohnung. Wie sieht's denn hier aus? War ich das? Ich kann mich an nichts erinnern.«

Sehr gut, das ist schon mal perfekt. Dann weiß er auch nichts über uns, was er nicht wissen soll.

»Was mache ich denn auf dem Boden?«, fragt der Holzapfel. »Und wieso seid ihr hier?«

»Sie erinnern sich wirklich an gar nichts mehr? Nichts mehr?«, fragt Aaron.

»Nein, in meinem Kopf ist ein großes schwarzes Loch«, antwortet der Holzapfel.

»Vitus' Geburtstagsparty gestern?«, sagt Aaron. »Drüben bei Lilly? Sie haben mit ihrem Onkel zwei Flaschen Pastis getrunken. Die hatte er aus dem Frankreichurlaub mitgebracht. Sie haben gemeinsam auf dem Tisch getanzt, bis dieser zusammengebrochen ist. Das könnte die Kopfschmerzen erklären. Es ist sehr spät geworden und Sie waren nicht mehr dazu in der Lage, allein zu laufen. Wir haben Sie hier rübergebracht und auf das Sofa gelegt. Als Sie heute Morgen nicht zum Unterricht erschienen sind, haben wir

uns Sorgen gemacht. Deshalb sind wir hier, wir wollten nach Ihnen sehen. Was in der Zwischenzeit passiert ist, wissen wir auch nicht. Vielleicht hatten Sie eine nächtliche Essattacke und haben dabei das Chaos hier selbst verursacht? So was soll unter Alkoholeinfluss öfter passieren. Passieren.«

»Ich habe auf dem Tisch getanzt?«, wundert sich der Holzapfel. »Und Alkohol getrunken? Das klingt überhaupt nicht nach mir. Ich habe seit meinem Studium keinen Alkohol mehr getrunken.«

»Wir können Ihnen nur berichten, was wir gesehen haben. Haben«, sagt Aaron.

»Ja … Nein … Ich glaube euch natürlich«, sagt der Holzapfel. »Wenn ihr das sagt, wird es schon stimmen. Ich wundere mich nur über mich selbst.«

Er versucht aufzustehen, sackt aber sofort wieder auf dem Boden zusammen.

»Geht es Ihnen nicht gut?«, fragt Gustav besorgt und greift ihm unter die Arme. »Warten Sie, wir helfen Ihnen.«

Wir heben ihn vom Boden hoch und setzen ihn auf dem Sofa ab.

»Ich weiß auch nicht, was das ist«, sagt der Holzapfel. »Ich scheine überhaupt keine Kraft mehr zu haben. Es fühlt sich an, als hätte jemand meine gesamte Energie ausgesaugt.«

»Das wird sicher vorübergehen«, sagt Aaron. »Sie brauchen wahrscheinlich nur ein bisschen Erholung. Am besten, Sie legen sich hin. Wir sagen aber vorsichtshalber gleich Schwester Miriam Bescheid, sie soll sich das mal angucken. Sie wird Ihnen bestimmt helfen können. Können.«

»Das ist sehr lieb von euch«, sagt der Holzapfel und streckt sich auf dem Sofa aus. »Ich glaube, ich schlafe erst mal ein bisschen.«

Er schließt die Augen und schläft im nächsten Moment schon ein.

Aaron legt einen Finger auf seinen Mund und deutet auf die Tür. Wir folgen ihm nach draußen.

»Das ist ja noch mal gut gegangen«, sagt Aaron, als wir die Treppen runterlaufen. »Er kann sich an nichts erinnern. Erinnern.«

»Ja«, stimmt Gustav ihm zu. »Das ist perfekt. Hoffentlich erholt er sich schnell. Ich lege mich jetzt auch erst mal hin. So ein Tag ist ganz schön anstrengend, wenn es ein Dämon auf einen abgesehen hat.«

»Jetzt ist es ja vorbei«, sage ich. »Bollock wird dich nicht mehr piesacken.«

»Ich gehe dann mal zu Auribus und sage ihm, dass er nach Herrn Holzapfel gucken soll«, sagt Aaron, als wir den Seitentrakt verlassen. »Kommt jemand mit? Jemand mit?«

»Ich wollte eigentlich mit rüber zu Lilly und mal nach Cornibus gucken«, sage ich.

»Gut, dann sehen wir uns nachher beim Abendessen«, sagt Gustav. »Bis später.«

Lilly und ich schauen Gustav und Aaron kurz hinterher und laufen dann weiter in die andere Richtung.

»Das war irgendwie cool«, sagt Lilly und grinst mich an. »Von mir aus dürften gern öfter Dämonen vorbeikommen und Ärger machen. Vielleicht könnte ich dann doch irgendwann meine Axt ausprobieren.«

»Bloß nicht«, erwidere ich. »Ich habe erst mal die Schnauze voll von Dämonen und allem, was mit der Hölle zu tun hat. Wenn hier ständig Dämonen vorbeikommen und Ärger machen, hätte ich auch gleich unten bleiben können. Nein, ich wünsche mir jetzt erst mal ein paar stinklangweilige und ganz normale Schultage.«

Das sollte ja kein Problem sein. Bollock wird sich wieder in der Hölle irgendwo vor meinem Vater verstecken. Und wenn ich das nächste Mal unten bin, erzähle ich Papa, was dieser Mistkerl hier oben abgezogen hat, dann sind seine letzten Tage sowieso gezählt.

»Für den Sohn des Teufels bist du ein ganz schöner Langweiler, Bruderherz«, sagt Lilly grinsend.

»Oh ja, das bin ich«, stimme ich ihr grinsend zu. »Und zwar sehr gerne.«

Ein Regenwurm

»Guten Morgen, Herr Rosenberg«, sage ich. »Ich wollte vor dem Unterricht noch mal kurz nach unserem kleinen Patienten gucken.«

»Klar, komm rein, Luzie.«

»Wie geht es ihm denn heute?«, will ich wissen. »Besser?«

»Ich glaube schon«, antwortet Herr Rosenberg. »Der Husten ist weg und er niest nicht mehr so oft.«

Ich folge ihm in die Küche.

»Lilly ist schon weg?«, frage ich, weil ich sie nirgends sehe.

»Ja, sie ist schon auf dem Weg zur Schule.«

Cornibus sitzt auf dem Küchentisch und kaut mit finsterer Miene auf irgendetwas herum. Ich gehe zu ihm und streichle seinen Kopf.

»Na, schmeckt's immer noch nicht?«, frage ich ihn mitleidig. »Das muss echt schlimm für dich sein.«

»Alles schmeckt nichts«, brummelt er. »Cornibus alles probiert. Cornibus kaputt.«

»Das stimmt«, sagt Herr Rosenberg. »Er hat wirklich *alles* probiert. Es gibt kein einziges Lebensmittel mehr im Kühlschrank, das er nicht angeknabbert hat. Und nicht nur Lebensmittel. Er hat teilweise sogar die Möbel versucht.«

Oh, ja, ich sehe es. Am Küchentisch fehlt eine ganze Ecke.

»Blöbel auch nicht schmecken«, brummt Cornibus. »Nur mehr kauen.«

»Hm, das ist natürlich blöd«, sage ich. »Ich habe dir extra eine Tafel Schokolade mitgebracht. Die muss ich dann wohl wieder mitnehmen.«

»Nein, nicht mitnehmen! Cornibus geben! Schlotzolade schön in Mund. Cornibus so lang probieren, bis wieder schmeckt.«

»Das ist die richtige Einstellung«, sage ich lachend. »Und es scheint dir immerhin tatsächlich schon besser zu gehen als gestern Abend.«

Da wollte er die Schokolade noch nicht einmal probieren, als ich ihn nach dem Abendessen besucht habe. Nach dem beruhigend ereignislosen und stinknormalen Abendessen. Der ganze restliche Tag gestern war beruhigend ereignislos und stinknormal. Niemand hat Gustav malträtiert oder Auribus durch die Gegend geworfen oder sonst irgendetwas Höllisches angestellt – so darf es ruhig bleiben.

»Ja«, sagt Herr Rosenberg. »Sein Appetit kehrt eindeutig stetig ansteigend wieder zurück, das ist ein gutes Zeichen.«

»Cornibus viel Happetit. Aber Happetit ohne Schmecken sehr schlangweilig.«

»Keine Sorge«, sage ich. »Ich bin mir sicher, dass du bald wieder etwas schmecken wirst.«

Ich wickle die Schokolade aus und lege sie vor ihm auf den Tisch. Er stopft sie sich sofort komplett in den Mund.

»Cornibus nicht kauen«, sagt er. »Cornibus Schlotzolade ganz allein schwelzen lassen. Schönstes Gefühl in Mund.«

»Das heißt schmelzen, Cornibus«, verbessere ich ihn. »Und du hast völlig recht, das ist ein ganz tolles Gefühl im Mund.«

Im nächsten Moment kaut Cornibus zweimal und schluckt die Schokolade hinunter.

»Ups«, sagt er schuldbewusst lächelnd. »Schwelzen zu lang gedauert.«

»Na ja«, sage ich lachend. »Geduld war noch nie deine Stärke.«

»Ich muss jetzt rüber«, sagt Herr Rosenberg. »Kommst du gleich mit? Der Unterricht beginnt in fünf Minuten.«

»Oh, ja, klar«, sage ich. »Mach's gut, Cornibus. Ich komme heute Mittag wieder vorbei, dann geht es dir bestimmt noch ein bisschen besser.«

Ich verlasse zusammen mit Herrn Rosenberg die Wohnung und mache mich auf den Weg zu unserem Klassenzimmer.

Als ich dort ankomme, sind bereits alle drin. Ich setze mich an meinen Platz und begrüße Aaron und Gustav.

»Na, habt ihr gut geschlafen?«, frage ich.

»Ich schlafe immer gut«, sagt Aaron. »Vorausgesetzt, ich habe vorher dreiundzwanzigmal die Bettdecke im Uhrzeigersinn gedreht und siebzehnmal das Kissen gewendet. Dieser Tick ist neu, bereitet mir aber erstaunlicherweise sehr viel Freude. Freude.«

»Meine Nacht war Horror«, sagt Gustav leicht zerknautscht. »Bollock war im Traum immer noch hinter mir her. Und jedes Mal, wenn er mich aus dem Fenster geworfen hat, bin ich kurz vor dem Aufprall schweißgebadet aufgewacht.«

»Oje, du Armer«, sage ich. »Aber das hört bestimmt ganz schnell wieder auf. Bollock ist weg, du musst keine Angst mehr vor ihm haben.«

Die Klassenzimmertür öffnet sich, Direktor Hasenfuß kommt herein.

»Was will der denn hier?«, wundere ich mich. »Haben wir jetzt nicht Mathe beim Holzapfel?«

»Eigentlich schon«, sagt Gustav und zuckt mit den Schultern.

Der Hasenfuß legt seine Tasche auf dem Pult ab und wendet sich an uns.

»Einen neuerlichen guten Morgen!«, sagt der Hasenfuß. »Wir haben uns ja beim Frühstück bereits gesehen. Da wusste ich aber noch nicht, dass ich heute für den Kollegen Holzapfel werde einspringen müssen. Er hat sich vor zehn Minuten krankgemeldet. Ihn plagen seit gestern heftige Kopfschmerzen in Verbindung mit einem enormen allgemeinen Schwächegefühl.«

Aaron, Gustav und ich werfen uns wissende Blicke zu – daran sind wir wohl leider nicht ganz unschuldig.

»Aber keine Sorge«, sagt der Hasenfuß. »Sein Zustand bessert sich zunehmend, hat er mir versichert, morgen sei er sicher wieder auf dem Dampfer. Ich soll euch alle ganz lieb grüßen.«

Okay, schön zu wissen, dass es ihm besser geht. Ich hoffe, dass er spätestens übermorgen überhaupt keine

Nachwirkungen von Bollocks feindlicher Übernahme mehr spürt.

»Da mir nun aber nicht viel Zeit blieb, um mich auf diese Vertretung vorzubereiten, müsst ihr mir bitte ein bisschen auf die Sprünge helfen«, fährt der Hasenfuß fort. »Welches Fach hättet ihr denn jetzt?«

»Mathematik, Herr Direktor«, antwortet Finn.

»Ah ja, Mathematik«, sagt der Hasenfuß. »Ein äußerst wichtiges Fach. Mathematik braucht man immer im Leben. Nun bin ich leider kein Mathematiklehrer, diesbezüglich könnten meine Kenntnisse ein wenig eingerostet sein. Also fangen wir am besten ganz von vorne an. Wie viel ist eins plus eins, *Gustav*?«

Er blickt direkt zu uns, sein Gesicht verzieht sich zu einem diabolischen Grinsen und seine Augen blinken ganz kurz rot auf.

Oh, verdammt! Das ist nicht der Hasenfuß! Das ist Bollock! Wir haben ihn zwar aus Holzapfel vertrieben, aber jetzt hat er sich offenbar den Hasenfuß geschnappt!

Gustav, Aaron und ich schauen uns entsetzt an. Auf Gustavs Stirn sammeln sich sofort Schweißtropfen.

»Ich habe dich etwas gefragt, *Gus-*

tav!«, setzt Bollock nach. »Du weißt doch, was eine Frage ist, oder? Darauf muss man antworten.«

»Äh … Ja … Ähm …«, stammelt Gustav ängstlich. »Also … eins plus eins ergibt … elf!«

»Elf?«, wiederholt Bollock und fängt an, wie verrückt zu lachen. »Habt ihr das gehört? Er hat *elf* gesagt! Wie dumm kann ein einzelner Mensch eigentlich sein? Haha! Elf! Da rechnet ja ein Regenwurm besser! Weiß doch jeder Einzeller, dass eins plus eins zwei ergibt!«

Er lacht immer weiter und schlägt sich mit den Händen auf die Schenkel. Dann wird er plötzlich ganz ernst.

»Du weißt, was das bedeutet, dummer Gustav?«, knurrt er und zeigt in die hintere linke Ecke. »Fang an zu hüpfen! Auf einem Bein!«

Gustav wirft uns einen verzweifelten Blick zu, steht auf, geht in die Ecke und fängt an zu hüpfen.

Verdammt, was machen wir denn jetzt? Ich kann den Spruch nicht anwenden, dann würden die anderen aus der Klasse mitkriegen, was los ist. Ganz davon abgesehen, dass Bollock mich sicher nicht noch mal nah genug an sich heranlassen würde, um ihm in die Backen zu kneifen. Aber wir müssen irgendwas unternehmen, bevor er Gustav richtig schaden kann. Denk nach, Luzie! Mein Hirn sucht ratternd nach einem Einfall. Nichts. Ich gucke zu Aaron, vielleicht hat er ja eine Idee. Huch, wo ist er denn? Aaron ist nicht mehr da. Ah, doch, da ist er. Er krabbelt auf allen vieren durch die Stuhlreihe von mir weg. Was hat er vor?

Während Aaron weiterkrabbelt, geht Bollock an das Pult und wühlt in den Sachen herum, die er gestern schon mitgebracht hat.

»Wo ist denn diese verflixte … Ah, da ist sie ja!«, sagt er grinsend und streckt triumphierend dieses elektronische Schneidegerät in die Luft, mit dem er gestern schon Gustav gedroht hat.

»Ich bin ja kein Unmensch!«, ruft Bollock in Richtung Gustav. »Um dir das Hüpfen ein bisschen zu erleichtern, werde ich dich etwas leichter machen! Und ohne Haare schwitzt du auch nicht mehr so!«

Er schaltet das Gerät an und geht damit auf Gustav zu. Ich gucke nach Aaron, sehe aber nur noch, wie sich die Klassenzimmertür langsam schließt – Aaron ist draußen. Was soll das denn jetzt? Was will er denn draußen? Da kann er Gustav nicht helfen. Ob er vielleicht einfach abhaut, weil er Schiss vor Bollock hat? Nein, das kann nicht sein, Aaron spürt ja niemals Angst, weil er diesen Gendefekt hat. Aber was will er denn sonst da draußen?

Bollock rückt immer näher an Gustav heran.

»Wenn du so hüpfst, kann ich leider nicht für eine ordentliche Frisur garantieren«, sagt er.

»Du … Sie müssen das nicht machen!«, erwidert Gustav. »Ich komme sehr gut ohne neue Frisur zurecht!«

»Ach, das mache ich doch gern für dich«, sagt Bollock. »Du weißt doch, du bist mein absoluter Lieblingsschüler.«

Er streckt seinen Arm aus, das Gerät befindet sich jetzt direkt an Gustavs Stirn, Tränen schießen in Gustavs Augen. Okay, das kann ich nicht zulassen. Egal, ob hier gleich jeder weiß, dass ich aus der Hölle komme, ich muss Gustav helfen. Ich stehe auf und strecke meine Arme in Richtung Bollock. Die Blitze sammeln sich bereits in meinen Händen, als plötzlich ein sehr lauter Heulton das Klassenzimmer erfüllt.

Bollock lässt irritiert seinen Arm sinken und sieht sich verwirrt um.

»Was … was ist das denn für ein infernalischer Lärm?«, wundert er sich.

»Das ist der Feueralarm!«, ruft Finn und springt auf. »Und das ist keine Übung, das hätte man den Klassensprechern vorher gesagt! Los, alle sofort raus auf den Schulhof!«

Stimmt, der Feueralarm. Den habe ich schon mal gehört, als Opa versucht hat, die Schule abzufackeln. Und jetzt weiß ich, was Aaron draußen gemacht hat. Aaron, du bist der Beste!

Alle Schüler springen auf und stürzen panisch aus dem Klassenzimmer. Alle, außer Bollock, Gustav und mir.

»So, jetzt sind wir unter uns«, knurre ich Bollock an. »Lass sofort das Ding fallen.«

Ich gehe langsam mit ausgestreckten Armen auf ihn zu. Gustav hört auf zu hüpfen. Bollock weicht ein Stück zurück. Er weiß genau, was passiert, wenn ich meine Hände an seine Backen kriege. Plötzlich schnappt er sich Gustav am Hals, zieht ihn zu sich heran und benutzt ihn als Schutzschild.

»EIN SCHRITT NÄHER, UND DU KANNST DEINEN FREUND NUR NOCH UNTEN IN DER HÖLLE BESUCHEN«, droht er mit seiner Dämonenstimme.

Mist. Jetzt helfen mir meine Blitze auch nicht, sie könnten Gustav treffen. Ich muss irgendwie an Bollocks Gesicht rankommen. Aber wie?

Ich sehe, wie sich hinter Bollocks Rücken die Tür des Klassenzimmers öffnet. Aaron ist zurückgekommen. Er schlägt die Tür mit einem lauten Knall zu. Sehr gut, er will Bollock ablenken, damit ich den Spruch anwenden kann. Aber es funktioniert leider nicht, Bollock zuckt nur kurz mit dem Mund, dreht sich aber nicht um.

»WAS WAR DAS?«, fragt er, ohne mich aus den Augen zu lassen. »WER IST DA? WER IMMER DAS IST, SOLLTE BESSER

SOFORT WIEDER ABHAUEN, SONST HAT UNSER GUSTAV HIER DIE LÄNGSTE ZEIT GEATMET!«

»Ach, das ist nur mein Vater«, sage ich grinsend. »Hallo, Papa!«

»LUZIFER?«, entfährt Bollock ein entsetzter Schrei. »HIER?«

Er dreht sich um. Das ist genau der Moment, auf den ich gewartet habe. Ich vollführe einen Satz auf ihn zu. Als er sich mit wütendem Gesicht zurückdreht, versenke ich meine Daumen und Zeigefinger in seinen Backen und rufe laut:

»DER MENSCH RASTET AUS – DER DÄMON MUSS RAUS!«

»DU BLÖDER MISTKERL! DU HAST MICH SCHON WIEDER REINGELEGT! ABER LOS SEID IHR MICH NOCH LANGE NI... AAAAAAAAAAH!«

Er reißt seinen Mund weit auf. Eine schwarze Wolke strömt aus seinem Rachen nach draußen und schlängelt sich … direkt in Gustavs Nase!

»Nein!«, rufe ich entsetzt. »Gustav! Halt dir die Nase zu!«

Aber es ist schon zu spät. Während Hasenfuß' Körper hinter ihm ohnmächtig zusammensackt, ist Bollock bereits komplett in Gustav übergegangen. Er schüttelt sich kurz, gibt ein paar seltsame, grunzende Geräusche von sich, dann flackern seine Augen kurz rot auf und er tritt schnell ein paar Schritte von mir zurück.

»HA! DAMIT HABT IHR NICHT GERECHNET!«, sagt er diabolisch grinsend. »UND NOCH MAL LASSE ICH MICH GANZ BESTIMMT NICHT VON EUCH REINLEGEN!«

Verdammter Mist noch mal! Damit habe ich echt nicht gerechnet. Was machen wir denn jetzt? Ich gucke zu Aaron, der mit ein paar Schritten Sicherheitsabstand hinter Bollock steht. Er zwinkert mir zu. Okay, er hat offenbar einen Plan, sehr gut.

»Ein sehr cleverer Schachzug«, sagt Aaron zu Bollock. »Er hat nur einen entscheidenden Fehler. Wie willst du denn Gustav quälen, wenn du selbst Gustav bist? Gustav bist?«

»ÖH ... ÄH ... STIMMT, DAS IST JETZT ECHT BLÖD«, sagt Bollock und kratzt sich nachdenklich am Kopf. »AH, ICH HAB'S! DAS IST ÜBERHAUPT KEIN PROBLEM!«

Er fängt an, sich selbst Ohrfeigen zu geben.

»WENN ICH IHN NICHT ... AUA! ... QUÄLEN KANN ... AUA! ... DANN QUÄLT ER SICH EBEN ... AUA! ... SELBST!«

»Geniale Lösung«, sagt Aaron. »Aber du hast das Hüpfen vergessen. Vergessen.«

»STIMMT!«, sagt Bollock. »ER MUSS AUCH NOCH ... AUA! ... HÜPFEN!«

Bollock fängt an zu hüpfen, während er sich weiter selbst Ohrfeigen gibt.

»NA, WIE ... AUA! ... SCHMECKT DIR DAS, DUMMER ... AUA! ... GUSTAV? DAS KANN ICH ... AUA! ... DEN GANZEN TAG LANG ... AUA! ... MACHEN!«

Ja, das ist leider zu befürchten. Wir müssen ihn irgendwie stoppen, aber mir fällt nichts ein. Huch, was macht Aaron denn jetzt? Er geht ein paar Schritte hinter Bollock runter auf alle viere wie ein Hund. Jetzt gibt er mir mit dem Zeigefinger ein Zeichen, dass ich näher kommen soll. Kapier ich nicht. Soll ich ihn streicheln, oder was? Aber okay, ich gehe langsam auf Bollock zu.

»BLEIB, WO DU ... AUA! ... BIST!«, fährt er mich an und weicht einen Schritt zurück. »KEIN SCHRITT ... AUA! ... NÄHER! SONST NEHME ICH ... AUA! ... FÜR DIE OHRFEIGEN EINEN ... AUA! ... HAMMER!«

Er macht noch einen Schritt rückwärts und kommt damit Aaron immer näher. Ah, jetzt weiß ich, was Aaron geplant hat! Ja, das könnte klappen.

»Ach ja?«, sage ich und rücke wieder einen Schritt näher. »Du hast doch gar keinen Hammer.«

»DANN ... AUA! ... BESORGE ICH MIR EBEN EINEN!«, erwidert Bollock weiter zurückweichend. »ODER ICH NEHME ... AUA! ... DIE FÄUSTE!«

Sehr gut, noch ein kleines Stück weiter.

»Dir ist aber schon klar, dass du damit nur dir selbst wehtust?«, frage ich grinsend und setze einen weiteren Schritt nach vorne.

»DAS MACHT MIR ... AUA! ... NICHTS AUS!«, erwidert Bollock und weicht wieder ein Stück zurück. »UND ES TUT GUSTAV ... AUA! ... MEHR WEH ALS ... AAAAAAH, VERDAMMT!«

Es ist so weit, er stolpert rückwärts über Aaron. Ich springe mit einem gezielten Hechtsprung auf ihn, zwicke kräftig in Gustavs Backen und rufe:

»DER MENSCH RASTET AUS – DER DÄMON MUSS RAUS!«

Ich rolle mich schnell von Bollock herunter, springe auf und ziehe Aaron zu mir nach oben.

»Schnell!«, rufe ich. »Press die Lippen ganz fest zusammen und halt dir die Nase zu!«

Aaron folgt meinen Anweisungen, ich presse von hinten beide Hände fest auf seine Ohren, damit für Bollock kein Weg in Aarons Körper offen bleibt.

»IHR VERFLUCH-

TEN MISTKERLE!«, schimpft Bollock. »ABER DAS WIRD EUCH AUCH NICHT RETTEN! WIR SEHEN UNS GANZ BALD WIEDER! UND DANN IST SCHLUSS MIT LUSTIG! ICH WERDE EUCH ALLE VERNICHTEN!«

Gustavs Mund öffnet sich, die schwarze Wolke strömt aus ihm heraus. Sie schwirrt eine Weile lang wild durchs Klassenzimmer und verschwindet dann durch die Decke.

Ich nehme meine Hände von Aarons Ohren und atme erleichtert auf.

»Uff«, sage ich. »Das ist gerade noch mal gut gegangen. Du hast Gustav gerettet, Aaron. Mir wäre wahrscheinlich nichts mehr eingefallen, wie wir Bollock so schnell aus ihm rauskriegen.«

»Das mit dem Stolpern ist ein ganz alter Trick«, sagt Aaron. »Den habe ich mal in einem Film gesehen. Hoffentlich hat Gustav das gut überstanden. Überstanden.«

Wir beugen uns beide über ihn. Er hustet zweimal und öffnet seine Augen.

»Gustav, da bist du ja wieder!«, sage ich freudig. »Das ging aber schnell!«

»Wahrscheinlich hängt das Wiederaufwachen davon ab, wie lang man besessen war«, mutmaßt Aaron. »Bei ihm war es ja nur ganz kurz. Direktor Hasenfuß hingegen ist immer noch ohnmächtig. Ohnmächtig.«

»Was … was ist passiert?«, fragt Gustav verwirrt.

»Bollock hat deinen Körper übernommen. Übernommen«, erklärt Aaron.

»Ja, aber dank Aaron konnten wir ihn schnell wieder vertreiben«, füge ich hinzu.

»Okay … Danke …«, sagt Gustav und reibt sich vorsichtig die Wangen. »Und warum brennen meine Backen wie Feuer?«

»Bollock hat sich selbst geohrfeigt«, sage ich und muss kichern. »Also, dich. Im Nachhinein war das eigentlich sehr lustig.«

»Es fühlt sich aber nicht lustig an«, brummt Gustav und steht auf. »Sind wir ihn denn jetzt wenigstens für immer los?«

»Es ist zu befürchten, dass dies nicht der Fall ist«, sagt Aaron. »Er wird sich einen anderen Körper suchen und das könnte jeder sein. Wir müssen ab jetzt noch mehr aufpassen. Aufpassen.«

»Am besten, wir bleiben zusammen, bis wir einen neuen Plan haben, damit er sich zwischendurch wenigstens Aaron nicht schnappen kann«, sage ich. »Ich schlage vor, wir besprechen alles Weitere, wenn Lilly aus der Schule zurück ist.«

Gustav und Aaron stimmen mir nickend zu, als sich plötzlich neben uns auf dem Boden etwas regt.

»Ooooooh, mein Kopf«, stöhnt der Hasenfuß. »Wo … wo bin ich? … was ist passiert?«

Wir beugen uns zu ihm herunter und helfen ihm, sich aufzurichten.

»Sie sind in unserem Klassenzimmer, Herr Direktor«, sage ich. »Sie sind als Vertretung für Herrn Holzapfel hier. Erinnern Sie sich?«

»Vertretung?«, wiederholt er verwundert. »Ich? Seltsam. Normalerweise mache ich keine Vertretungen. Ich bin der Direktor, ich muss keine Vertretungen machen. Und wieso liege ich hier auf dem Boden? Und wo sind eure Mitschüler?«

»Sie sind alle unten auf dem Schulhof«, erklärt Aaron. »Es gab einen Feueralarm. Als die Sirene angesprungen ist, haben Sie sich so sehr erschreckt, dass Sie ohnmächtig geworden sind. Wir wollten Sie nicht allein lassen und sind deshalb bei Ihnen geblieben. Geblieben.«

»Das ist sehr lieb und umsichtig von euch«, sagt der Hasenfuß. »Aber wenn es brennt, sollten wir jetzt wohl lieber auch ganz schnell nach unten zu den anderen gehen.«

»Keine Sorge, Herr Direktor«, sagt Aaron. »Ich weiß aus zuverlässiger Quelle, dass es sich um einen Fehlalarm handelt. Es besteht also kein Grund für Hektik. Hektik.«

»Oh, gut, das ist beruhigend«, sagt der Hasenfuß. »Dann lasst uns aber trotzdem runtergehen und sicherstellen, dass das alle wissen.«

Wir helfen ihm auf die Beine und verlassen gemeinsam das Klassenzimmer.

Auf dem Weg nach unten sehen Aaron, Gustav und ich uns immer wieder argwöhnisch um, ob vielleicht irgendwo eine schwarze Wolke herumschwirrt. Aber so einfach wird Bollock es uns sicher nicht machen. Er wird sich in aller Ruhe seinen nächsten Körper aussuchen und uns angreifen, wenn wir am wenigsten damit rechnen. Bis dahin müssen wir unbedingt einen Weg finden, ihn wieder in die Hölle zu schicken. Und zwar endgültig.

Buddeltipps

»Aha, dann wart ihr das also mit dem Feueralarm«, sagt Herr Rosenberg.

»Ja«, sage ich. »Das war Aarons Idee. Das hat uns gerettet.«

»Und dieser Bollock könnte rein theoretisch in jedem hier in St. Fidibus stecken?«, fragt Herr Rosenberg.

»Nicht nur rein theoretisch«, antwortet Aaron. »Er wird sich mit Sicherheit schon einen neuen Körper ausgesucht haben. Haben.«

»Er könnte also auch jetzt gerade in mir stecken?«, fragt Herr Rosenberg mit besorgter Miene.

»Das glaube ich nicht«, antworte ich. »Das hätten wir sicher schon gemerkt.«

Das habe ich jetzt nur gesagt, um ihn zu beruhigen. Sicher sein können wir natürlich nicht. Bollock könnte ihn übernommen haben. Aber dann hätte er uns wahrscheinlich längst angegriffen. Oder auch nicht, um uns in Sicherheit zu wiegen. Schwierig. Wir müssen auf jeden Fall aufpassen.

Der Rest des Vormittags verlief zum Glück ohne Zwischenfälle. Nach dem Feueralarm ging der Unterricht ganz normal weiter und beim Mittagessen hat sich auch niemand verdächtig verhalten. Jetzt sitzen wir seit einer Viertelstunde hier bei Herrn Rosenberg in der Küche und warten auf Lilly.

»Geht es Cornibus denn schon besser?«, frage ich und gehe an den Einkaufskorb, in dem er gerade liegt und schläft.

»Ich glaube schon«, antwortet Herr Rosenberg. »Seine Nase ist zwar immer noch verstopft, aber er wird immer munterer, das ist ein gutes Zeichen.«

»Cornibus Krossang«, erklingt es plötzlich aus dem Einkaufskorb. »Vierundsiebzehn Stück ... Mit Frohnig ... Und Bimbeer ... Und Schlotzolade ... Mehr Schlotzo lade ...«

»Oh, er ist wach«, sage ich.

»Nicht unbedingt«, erwidert Herr Rosenberg. »Er spricht manchmal im Schlaf.«

Echt? Das hat er bei mir noch nie gemacht. Aber tatsächlich, seine Augen sind geschlossen.

»Er träumt wahrscheinlich gerade von Frankreich«, sage ich lachend. »Oder von Omas Welt, als er sich dick und rund gefuttert hat.«

Ich entferne mich leise von Cornibus und setze mich zurück an den Küchentisch.

»Wo bleibt denn Lilly bloß?«, wundert sich Herr Rosenberg auf die Uhr schauend. »Sie müsste eigentlich längst hier sein.«

In diesem Moment hören wir, wie sich die Haustür öffnet.

»Ah, da ist sie ja«, sagt Herr Rosenberg und ruft in den Flur. »Alles okay, Lilly? Du bist spät dran!«

»Äh … ja«, antwortet sie. »Ich wurde … aufgehalten. Von einem … Lehrer.«

Lilly betritt die Küche.

»Oh!«, sagt sie überrascht. »Ihr seid hier!«

»Ja«, sage ich. »Wir müssen dringend mit dir reden. Wir haben ein Problem: Bollock ist zurück.«

»Wie, zurück?«, fragt Lilly verwundert. »Aber wir haben ihn doch vertrieben.«

»Das dachten wir nur«, sage ich. »Er ist leider noch hier. Und äußerst munter.«

Wir erzählen ihr alles, was heute Morgen passiert ist.

»Aha, okay«, sagt sie, als wir fertig sind. »Und was machen wir jetzt?«

»Genau deshalb sind wir hier«, sage ich. »Ich habe

mein Handbuch mitgebracht. Vielleicht gibt es ja einen Weg, wie wir ihn endgültig loswerden können.«

»Es würde ja schon helfen, wenn wir herausfänden, in wem er gerade steckt«, sagt Aaron. »Vielleicht gibt es da ja auch einen Spruch. Spruch.«

»Ja, das wäre gut«, sagt Gustav. »Dann kann er uns nicht überrumpeln, das wäre ein Vorteil.«

»Okay, dann gucken wir mal«, sage ich und ziehe das Buch aus meiner Hosentasche.

Ich lege es auf den Tisch und warte darauf, dass es sich öffnet.

»Mist«, sage ich nach einer Weile. »Es schlägt sich nicht von selbst auf. Das bedeutet wahrscheinlich, es hat auf Anhieb keinen passenden Spruch. Dann muss ich wohl suchen.«

Ich nehme das Buch in die Hand und blättere darin. Ah, hier ist doch schon was. Dämonen explodieren lassen in 5 Schritten. Ach, nein, Mist, das funktioniert nur unten. 10 Buddeltipps im Falle einer versehentlichen Zombifizierung. Nein, damit können wir jetzt gerade auch nichts anfangen. Ich blättere immer weiter, bis ich am Ende des Buchs angekommen bin.

»Nein«, sage ich seufzend. »Das Buch kann uns diesmal leider nicht helfen.«

»Gib mal her«, sagt Lilly. »Vielleicht hast du ja was übersehen.«

Sie greift nach dem Buch, es schnappt nach ihr, Lilly zieht schnell ihre Hand zurück.

»Hey! Was soll das denn?«, beschwert sie sich. »Das Ding spinnt wohl! Es wollte mich beißen!«

»Das weißt du doch«, sagt Gustav. »Es wollte dich schon mal beißen, als eure Körper vertauscht waren.«

»Ach so, ja, stimmt«, sagt Lilly. »Hab ich vergessen. Blödes Buch, blödes.«

»Ich habe auch ganz bestimmt nichts übersehen«, sage ich. »Und wenn es einen passenden Spruch gäbe, hätte es ihn mir sicher gezeigt. Was machen wir denn jetzt?«

»Ich sage das ja nicht gern«, sagt Herr Rosenberg. »Aber vielleicht solltet ihr doch lieber euren Vater einschalten?«

»Auf gar keinen Fall!«, platzt Lilly heraus. »Ich meine … Na ja … Er hat bestimmt viel zu tun. Und wir wissen doch alle, wie ungern er sich stören lässt.«

Das stimmt, erfreut wäre Papa sicher nicht, wenn wir ihn wegen eines lächerlichen Dämons hier hoch bemühen. Aber wenn uns nichts anderes einfällt, wäre das schon die beste Lösung, bevor irgendeinem von uns noch etwas passiert.

»Vielleicht verschwindet dieser Bollock ja einfach von selbst wieder«, sagt Lilly.

»Das glaubst du doch selbst nicht«, sage ich. »Er hat deutlich angedroht, dass er uns fertigmachen will. Der verschwindet nicht so einfach, dafür müssen wir schon etwas tun. Das solltest du eigentlich wissen. Was ist denn plötzlich aus deiner Kampfeslust geworden? Gestern wolltest du ihn noch mit deiner Axt erledigen.«

»Ach so, ja, stimmt, meine Axt«, brummelt Lilly. »Von mir aus können wir das ausprobieren.«

»Das meinte ich damit nicht«, erwidere ich. »Deine Axt ist ganz sicher nicht die Lösung. Damit würdest du doch nur …«

»NEIN! … LUZIE AUFPASSEN!«, unterbricht mich Cornibus' Stimme aus dem Korb.

Lilly zuckt erschreckt zusammen und fällt fast vom Stuhl.

»Was … was war *das* denn?«, fragt sie angespannt.

»Das war nur Cornibus«, sage ich und wundere mich

ein bisschen über ihre Schreckhaftigkeit. »Er spricht manchmal im Schlaf, hat dein Onkel gesagt. Aber vielleicht ist er ja jetzt wach?«

Ich gehe an den Korb. Nein, er schläft, seine Augen sind immer noch geschlossen. Aber sie zucken unter den Lidern wild hin und her und er sieht sehr besorgt aus.

»DÄMON HIER! ... BÖSE! ... LUZIE VORSICHTIG!«, brabbelt er weiter im Schlaf.

»Ach so«, seufzt Lilly erleichtert auf. »Das war nur der blöde Hausdämon.«

Der blöde Hausdämon? Was soll das denn jetzt? So hat sie Cornibus noch nie genannt. Und überhaupt, wieso ist sie denn so seltsam heute?

»Ist alles okay mit dir?«, frage ich sie. »Hast du schlechte Laune? Gab's irgendwie Ärger in der Schule oder so?«

»Nein, hab ich nicht!«, schnauzt sie mich an. »Vielleicht hast *du* ja schlechte Laune, weil dir nichts einfällt, um Bollock loszuwerden? Vielleicht ist er einfach nur zu schlau für dich?«

Sie fixiert mich mit einem sehr bösen Blick. Und dann sehe ich es. Ganz kurz nur, ein sehr abruptes Flackern. Aber ich habe es gesehen und das kann nur eins bedeuten: Wir müssen hier so schnell wie möglich raus.

»Nein«, sage ich und gebe Lilly einen bösen Blick zu-

rück. »Er ist ganz sicher nicht zu schlau für mich. Aber solange du so mies drauf bist, bringt es nichts, über einen Plan nachzudenken. Ich schlage vor, du kommst später rüber zu mir, wenn du dich abgeregt hat. Kommt, Jungs, wir gehen.«

Gustav und Aaron gucken kurz verdutzt, stehen dann aber auch auf.

Ich schnappe mir den Einkaufskorb.

»Ich nehme Cornibus wieder mit rüber«, sage ich

zu Herrn Rosenberg. »Es geht ihm ja schon besser, Sie müssen sich nicht mehr um ihn kümmern. Vielen Dank für Ihre Mühe.«

»Ach, das hab ich doch gern gemacht«, sagt Herr Rosenberg. »Du kannst ihn auch gern noch hierlassen. Irgendwie hab ich mich an den kleinen Racker gewöhnt.«

Nein, das kann ich auf gar keinen Fall. Hier ist es zu gefährlich für ihn.

»Und ich habe ihn sehr vermisst«, sage ich und zwinkere Herrn Rosenberg zu.

»Verstehe«, sagt Herr Rosenberg und zwinkert zurück. »Dann macht's mal gut. Und ich drücke euch ganz fest die Daumen, dass euch noch was einfällt, um diesen Bollock loszuwerden. Aber seid bitte vorsichtig, in Ordnung?«

»Oh ja, wir werden *sehr* vorsichtig sein, versprochen«, sage ich und werfe Lilly noch einen Blick zu. »Bis später dann.«

Aaron, Gustav und ich verlassen die Wohnung. Als sich die Tür hinter uns schließt, atme ich erst mal erleichtert auf.

»Das war jetzt aber ein ziemlich plötzlicher Aufbruch«, stellt Gustav fest. »Stimmt irgendwas nicht?«

»Allerdings stimmt etwas nicht«, sage ich und beschleunige meine Schritte. »Bollock hat Lilly übernommen.«

»Was?«, sagt Gustav entsetzt. »Bist du sicher? Ich meine, sie war ein bisschen komisch drauf, klar. Aber das ist ja nichts Ungewöhnliches, das kommt vor.«

»Ich habe es gesehen«, sage ich. »In ihren Augen. Da war ein roter Schimmer. Nur ganz kurz, aber er war da. Und sie hat Cornibus als blöden Hausdämon bezeichnet. Das hat sie noch nie gemacht.«

»Stimmt«, sagt Aaron. »Außerdem hat Cornibus dich vor einem Dämon gewarnt. Es könnte sein, dass er Bollock unterbewusst im Schlaf gerochen hat. Gerochen hat.«

»Ja, das ergibt Sinn«, sage ich.

»Und was machen wir jetzt?«, fragt Gustav besorgt, als wir das Schulgebäude betreten. »Er wird sich ganz sicher nicht noch einmal so einfach reinlegen lassen.«

»Nein, uns muss etwas Besseres einfallen«, sage ich. »Immerhin haben wir diesmal den Vorteil, dass wir bereits wissen, mit welchem Körper er angreifen wird. Und wo das sein wird, wissen wir auch. Ich habe nicht umsonst gesagt, dass Lilly später zu mir rüberkommen soll. Dort wird Bollock uns attackieren. Darauf müssen wir uns jetzt vorbereiten.«

»Ja, aber wie?«, fragt Gustav. »Selbst wenn wir es schaffen, Bollock aus Lilly zu vertreiben, dann sucht er sich doch nur sofort einen anderen Körper und alles geht wieder von vorne los. Vielleicht hat Herr Rosenberg doch recht und wir sollten lieber euren Vater einschalten?«

Ja, vielleicht sollten wir das, daran denke ich auch schon die ganze Zeit. Aber es widerstrebt mir einfach, Papa herzuholen, nur wegen eines dahergelaufenen Dämons, den wir auch noch selbst eingeschleppt haben. Das wäre zu einfach. Nur wenn uns gar nichts mehr einfällt, werde ich ihn rufen – es geht schließlich um Gustavs Leben. Dieser Bollock darf auf gar keinen Fall gewinnen.

Wir sind an meinem Zimmer angekommen, ich öffne die Tür.

»Lasst uns erst noch mal selbst überlegen«, schlage ich vor. »Wir sollten auf jeden Fall zusammenbleiben, er darf dich nicht allein erwischen, Gustav.«

»Das sehe ich allerdings auch so«, sagt Gustav. »Ich bleibe so lang in eurer Nähe, bis dieser Mistkerl erledigt ist. Oder er eben mich erledigt hat.«

»Mach dir keine Sorgen, das wird nicht passieren«, sage ich bestimmt.

»Und was ist mit Herrn Rosenberg?«, fragt Gustav. »Wir können ihn doch nicht einfach so mit Bollock allein lassen.«

»Bollock wird ihm nichts tun«, sage ich. »Er hat es ja auf uns abgesehen. Außerdem wird er sich nicht verraten wollen, um uns überraschen zu können. Er weiß ja noch nicht, dass wir wissen, dass er Lilly übernommen hat.«

»Ja, ich denke auch nicht, dass für Herrn Rosenberg aktuell eine Gefahr besteht«, pflichtet Aaron mir bei. »Und was Bollock betrifft, hatte ich gerade eine Idee, die uns vielleicht weiterhelfen könnte. Dafür muss ich aber ein paar Sachen besorgen und etwas basteln. Ich müsste euch also erst mal allein lassen. Allein lassen.«

»Okay«, sage ich. »Sollen wir dir dabei helfen?«

»Nein, lieber nicht«, antwortet Aaron. »Ich kann mich am besten konzentrieren, wenn ich allein bin. Aber ich mache das in meinem Zimmer, ich bin also in Rufweite. Rufweite.«

»Alles klar«, sage ich. »Dann kommst du zu uns rüber, wenn du fertig bist?«

»Genau«, sagt Aaron. »Ich werde schätzungsweise eine Stunde brauchen. Drückt mal die Daumen, dass alles so klappt, wie ich es mir vorstelle. Vorstelle.«

»Ich drücke, so fest ich kann«, sagt Gustav. »Viel Erfolg!«

»Danke«, sagt Aaron, während er seine Zimmertür öffnet. »Bis später dann. Später dann.«

Aaron verschwindet in seinem Zimmer. Hoffentlich ist seine Idee gut. Sonst muss ich doch noch Papa rufen.

Genau gleich stark

»Alles okay bei dir, Aaron?«, rufe ich.

»Ja!«, ruft er zurück. »Es riecht nur ein bisschen streng! Streng!«

Echt? Komisch, das kann ich mir so gar nicht erklären.

»Halt durch!«, ruft Gustav. »Sie kommt bestimmt bald!«

Das will ich doch hoffen. Wir warten jetzt schon über eine Stunde. Alles ist bereit für Aarons Plan, jeder ist auf seiner Position. Fehlt nur noch Lilly. Also Bollock, meine ich natürlich.

»Was ist mit Cornibus?«, frage ich Gustav.

»Er schläft noch«, antwortet er nach einem Blick in den Einkaufskorb, der neben meinem Bett steht.

»Das ist gut«, sage ich. »Dann kriegt er hoffentlich nichts mit, wenn es hier gleich rundgeht. Er hat einen sehr festen Schlaf. In der Hölle konnte er sogar in Abteilung 47 bei den Bombenbauern drei Tage lang durchschlafen – und da fliegt alle zehn Sekunden etwas in die

Luft, weil wir denen immer fehlerhafte Zeitzünder geben.«

»Wie viele solcher Abteilungen habt ihr eigentlich da unten?«, will Gustav wissen.

»Öh … keine Ahnung«, antworte ich. »Da kommen ja ständig neue dazu. Über hundert sind es auf jeden Fall.«

»Echt, so viele? Wer sitzt denn zum Beispiel in Abteilung 100?«

»Oh, Moment, da muss ich kurz überlegen«, sage ich. »Ah, ja, genau, in Abteilung 100 sitzen die Nervtötenden Spamverschicker. Die sind erst seit ein paar Jahren da. Die kriegen jede einzelne Mail, die sie verschickt haben, auf Holzbrettern gedruckt an den Kopf geworfen.«

»Eine sehr gute Strafe«, sagt Gustav. »Gibt es eigentlich auch eine Abteilung für Dämonen, wenn sie Mist gebaut haben?«

»Nein«, antworte ich. »Die Abteilungen sind nur für Menschen. Wenn ein Dämon etwas falsch macht, lässt Papa ihn einfach explodieren. Oder wenn er ganz viel

Glück hat, verbannt er ihn irgendwo ganz tief unten in die Hölle, so wie Bollock.«

»Den hätte er von mir aus ruhig explodieren lassen können«, brummt Gustav. »Am besten gleich dreimal, damit er auf keinen Fall wiederkommt.«

»Das kann er ja nachholen«, sage ich grinsend. »Wenn unser Plan klappt.«

»Hoffentlich kommt er bald mal«, sagt Gustav. »Ich will das endlich hinter mir haben und wieder ganz normal zur Schule gehen können.«

»Oh ja, das wünsche ich mir auch«, sage ich. »Keine Dämonen, keine Hölle, einfach nur stinklangweiligen Unterricht und ganz normale Menschensachen mit euch machen. Das wäre … Oh, ich glaube, ich höre Schritte!«

Gustav spitzt die Ohren in Richtung Tür und nickt. Ich setze mich wie vorher abgesprochen neben ihm aufs Bett.

Die Tür öffnet sich, Lilly kommt herein. Sie hat ihre Axt dabei.

»Hallo«, sagt sie. »Da bin ich.«

»Super«, sage ich. »Komm, setz dich zu uns.«

Ich rücke ein Stück zur Seite, damit Platz zwischen Gustav und mir ist.

»Ach nein, lass mal«, sagt sie. »Ich habe die ganze Zeit gesessen, ich bleibe lieber stehen.«

Schon klar. Sie bleibt außer Reichweite, damit ich ihr nicht in die Backen zwicken kann.

»Ist euch denn schon was eingefallen, um Bollock loszuwerden?«, fragt sie.

»Nein«, sage ich. »Leider nicht. Wir hatten jetzt auf dich gehofft. Du hast deine Axt mitgebracht?«

»Ja. Ich dachte, das kann ja nicht schaden. Sonst ist mir aber auch nichts eingefallen. Ich befürchte, Bollock ist unbesiegbar.«

»Unbesiegbar?«, wiederhole ich und fange an zu lachen. »Also, das ist er ganz bestimmt nicht! Dafür ist er viel zu dumm, dieser Trottel!«

»Dumm?«, brummt Lilly. »Wieso denn dumm? Ich fand ihn bis jetzt ziemlich clever.«

»Clever?«, wiederhole ich und lache noch lauter. »Was war denn da clever? Er hat sich dreimal ganz billig von uns reinlegen lassen, dieser Hohlkopf! Kein Wunder, dass Papa ihn verbannt hat! Der ist sogar für Höllenverhältnisse saudämlich!«

»Heute Morgen habt ihr ihn einfach überrumpelt«, knurrt Lilly. »Das kann jedem mal passieren, das war reines Glück. Das wird ihm sicher nicht noch mal passieren.«

Sehr gut, es klappt, er ärgert sich schon mächtig. Allzu lang wird er seine Fassade nicht mehr aufrechterhalten können und sich als Bollock zu erkennen geben.

»Das hört sich ja fast so an, als wärst du ein Fan von ihm«, sage ich grinsend. »Vielleicht bist du ja sogar in ihn verknallt? Hm? Lilly liebt Bolock. Lilly liebt Bollock. Lilly liebt …«

»Gar nicht!«, erwidert Lilly. »Hör auf mit dem Blödsinn! Ich wollte nur sagen, dass er bestimmt nicht so dumm ist, wie ihr denkt.«

»Oh doch, das ist er«, erwidere ich. »Wenn er jetzt hier wäre, würde er sich sofort wieder von uns reinlegen lassen. Wollen wir wetten?«

Ich stehe auf, gehe zwei Schritte auf sie zu und strecke ihr meine Hand entgegen.

»Äh … nein!«, sagt sie abwehrend und weicht sofort drei Schritte vor mir zurück. »Ich wette nicht! Nie! Wetten ist … total doof!«

»Klar«, sage ich und nehme grinsend wieder meinen Platz auf dem Bett ein. »Vor allem, wenn man verliert.«

»Ich hätte nicht verloren«, brummt Lilly. »Ich wette nur einfach nicht, das ist alles. Aber wenn Bollock jetzt hier wäre, würde er sich garantiert nicht noch mal von euch reinlegen lassen.«

»Wenn du meinst«, sage ich. »Dann können wir ja echt froh sein, dass er gerade nicht hier ist, nicht wahr?«

»Oh ja, das könnt ihr … äh … können wir«, sagt Lilly grinsend. »Wo ist eigentlich Aaron?«

»Der ist nur kurz rüber zu sich«, sagt Gustav. »Irgendeinen Tick erledigen. Er müsste aber jeden Moment wieder hier sein.«

»Wir müssen aber nicht auf ihn warten«, füge ich hinzu. »Vielleicht fällt uns ja doch noch etwas ein, um deinen unbesiegbaren Bollock zu erledigen. Denkst du wirklich, dass deine Axt uns dabei helfen könnte? Ich meine, er besteht ja in seiner ursprünglichen Form nur aus Rauch. Da fliegt so eine Axt einfach durch, ohne ihn auch nur zu kitzeln.«

»Da hast du leider recht«, sagt Lilly. »Aber bei Gustav müsste es eigentlich funktionieren!«

Ihr Gesicht verzieht sich zu einer fiesen Fratze und

ohne jede Vorwarnung feuert sie ihre Axt plötzlich in Richtung Gustav. Ich reiße instinktiv beide Arme nach vorne, Blitze schießen aus meinen Händen. Sie treffen die Axt im Flug und lassen sie zu Boden fallen.

»ACH, STIMMT JA«, sagt Bollock grinsend. »ICH STECKE IN EINEM KÖRPER MIT BESONDEREN FÄHIGKEITEN. DIE MÜSSEN WIR DOCH GLEICH MAL AUSPROBIEREN!«

Er streckt seine Arme in meine Richtung und feuert Blitze auf mich ab. Ich pariere seinen Angriff, indem ich ebenfalls Blitze in seine Richtung schieße. Zwischen uns entsteht ein kleines Blitzgewitter, das ganze Zimmer knistert und flackert wie verrückt.

»Geh in Deckung!«, rufe ich Gustav zu.

Er zieht die Bettdecke über seinen Kopf und macht sich so klein er kann.

Unsere Blitze prasseln immer weiter aufeinander ein, ohne dass jemand die Oberhand gewinnt. Offenbar sind Lilly und ich, was unsere Kräfte betrifft, genau gleich stark. Wir feuern weiter aufeinander ein, keiner weicht auch nur einen Zentimeter zurück.

»Na, wie lang hältst du das durch?«, frage ich herausfordernd.

»SO LANG, BIS DU AUF DEM BODEN LIEGST«, erwidert Bollock.

»Eher friert die Hölle zu!«

»DANN DÜRFTE ES DEINEM VATER LANGSAM SCHON KALT WERDEN DA UNTEN!«

Das Blitzgewitter geht immer weiter, ohne Wirkung zu hinterlassen. Das ist auf Dauer ganz schön anstrengend, stelle ich fest. Meine Kraft und somit die Kraft meiner Blitze lässt irgendwann langsam nach. Zum Glück geht es Bollock offenbar ähnlich, er atmet mittlerweile genauso schwer wie ich.

»Okay … lass uns … damit … aufhören«, sage ich keuchend. »Das führt … ja doch … zu nichts.«

»GUTE … IDEE …«, keucht Bollock zurück. »DU … ZUERST.«

»Das glaubst du … doch selbst nicht«, erwidere ich. »Gustav … zähl bis … drei!«

»Okay!«, ruft Gustav unter der Bettdecke. »Eins! … zwei! … drei!«

Bei drei lassen wir beide unsere Arme sinken, das Blitzgewitter hört auf. Wir atmen eine ganze Weile lang mit den Händen auf den Knien tief durch, bis wir wieder richtig Luft kriegen.

»GANZ SCHÖN LÄSTIG, SO EIN MENSCHENKÖRPER«, sagt Bollock schließlich. »DIE HALTEN NICHT VIEL AUS.«

»Du bist jederzeit herzlich eingeladen, ihn zu verlassen«, erwidere ich grinsend.

»SEHR GERN«, antwortet Bollock. »SOBALD ICH EUCH FERTIGGEMACHT HABE, VERSCHWINDE ICH SOFORT.«

»Und wie willst du das anstellen?«, frage ich. »Du hast keine Chance gegen mich.«

»UND DU KEINE GEGEN MICH«, erwidert er.

»Das stimmt«, sage ich grinsend. »Aber ich habe wenigstens einen Plan.«

Der hoffentlich, hoffentlich funktionieren wird. Jetzt gilt es.

»VERGISS ES. ICH LASSE MICH GARANTIERT NICHT NOCH EINMAL VON DIR REINLEGEN. DU WIRST NICHT NAH GENUG AN MICH HERANKOMMEN, UM DEINEN BLÖDEN SPRUCH ANZUWENDEN.«

»Kein Problem. Das ist auch nicht nötig. Ich musste nur ein bisschen Zeit gewinnen. Und die hast du mir mit unserem kleinen Blitzeduell verschafft.«

»ZEIT? WOFÜR?«, fragt Bollock und sieht mich skeptisch an.

»Ach, weißt du«, sage ich. »Der Weg aus der Hölle hier hoch ist nicht der kürzeste, dafür braucht man manchmal eben etwas Zeit. Nicht wahr, PAPA?«

Bitte, bitte, lass ihn jetzt wie verabredet da draußen stehen. Nichts passiert. Verdammt.

»Ich sagte: Nicht wahr, PAPA?«, wiederhole ich etwas lauter.

Meine Zimmertür fliegt mit einem lauten Knall gegen die Wand. Uff, da ist er.

»DAS IST JETZT NICHT DEIN ERNST, ODER?«, sagt Bollock überheblich grinsend. »DU GLAUBST DOCH NICHT WIRKLICH, DASS ICH DARAUF NOCH MAL HEREINFALLE UND MICH JETZT UMDREHE, DAMIT DU DEN SPRUCH ANWENDEN KANNST. FÜR SO DUMM KANNST SELBST DU MICH NICHT HALTEN.«

»Stimmt«, sage ich. »Für so dumm halte ich dich tatsächlich nicht. Und genau deshalb habe ich diesmal *wirklich* meinen Vater geholt.«

»HAHA!«, lacht Bollock laut auf. »NETTER VERSUCH! WIR WISSEN DOCH BEIDE GANZ GENAU, DASS DA NICHT DEIN VATER STEHT, SONDERN JEMAND ANDERS. KOMM RUHIG REIN, AARON! EUER TOLLER PLAN HAT NICHT GEKLAPPT!«

»AARON? DU WAGST ES, DEINEN OBERSTEN HERRSCHER UND GEBIETER MIT EINEM LÄCHERLICHEN MENSCHENNAMEN ANZUSPRECHEN, DU WIDERLICHER WURM?«

In Lillys Gesicht gleiten sämtliche Gesichtszüge nach unten. Bollock sieht mich daraus voller Entsetzen und mit Panik in den Augen an und schluckt einmal tief.

»LU ... LU ... LUZIFER?«, stammelt er mit zittriger Stimme.

»SIEH MICH GEFÄLLIGST AN, WENN ICH MIT DIR REDE, DU LAUWARMER HÖLLENFURZ!«

Bollock dreht sich wie in Zeitlupe um und sieht … meinen Vater.

»DU MUSST DER DÄMLICHSTE DÄMON SEIN,

DER MIR JEMALS UNTERGEKOMMEN IST! DACHTEST DU WIRKLICH, ES IST EINE GUTE IDEE, AUSGERECHNET DIE TOCHTER DEINES ALLMÄCHTIGEN HÖLLENFÜRSTEN FÜR DEINE LÄCHERLICHE RACHE AN EINEM MENSCHENKIND ZU BENUTZEN?«

»NA JA ... JETZT, WO SIE ES SAGEN ...«, stammelt Bollock kleinlaut. »VIELLEICHT WAR DAS DOCH NICHT ...«

»DAS WAR EINE RHETORISCHE FRAGE, DU GASFÖRMIGER HOHLROLLER! UND KNIE GEFÄLLIGST VOR DEINEM GROSSARTIGEN HERRSCHER!«

»JA ... NATÜRLICH ... VERZEIHUNG, MEIN GROSSARTIGER, ALLMÄCHTIGER UND FABELHAFTER HERRSCHER UND GEBIETER!«, SAGT BOLLOCK UND LÄSST SICH AUF DIE KNIE FALLEN.

»HÖR AUF, MICH VOLLZUSCHLEIMEN, DU UNTERBELICHTETE HÖLLENSCHABE! DAFÜR IST ES ZU SPÄT!«

Für mich aber nicht, im Gegenteil, das ist genau die Situation, auf die ich gewartet habe. Ich trete langsam von hinten an Bollock heran.

»SELBSTVERSTÄNDLICH, MEIN HOCHVEREHRTER UND GLORREICHER HÖLLENFÜRST!«, sagt Bollock. »SOFORT MIT DEM SCHLEIMEN AUFHÖREN! EUER WUNSCH IST MIR BEFEHL, MEIN UNVERGLEICHLICH GUT AUSSEHENDER UND AN HERRLICHKEIT NICHT ZU ÜBERTREFFENDER UNTERWELT-IMPERATOR!«

So, ich stehe genau hinter ihm, das ist die perfekte Position.

Ich zwicke von hinten in Lillys Backen und rufe, so schnell und laut ich kann:

»DER MENSCH RASTET AUS – DER DÄMON MUSS RAUS!«

Bollock schaut verwirrt zwischen uns und her.

»WAS … WAS SOLL DAS?«, stammelt er. »IHR BRAUCHT DOCH DEN SPRUCH NICHT MEHR. LUZIFER IST HIER.«

Ich zwinkere meinem Vater zu. Oder besser gesagt: Auribus, der die Gestalt meines Vaters angenommen hat und sich jetzt vor Bollocks Augen in seine ursprüngliche Form zurückverwandelt.

»Puh!«, sagt er aufatmend. »Das war höchste Zeit. Viel länger hätte ich das nicht geschafft. Sich in den Chef zu verwandeln ist nicht nur streng verboten, sondern auch noch extrem schwierig.«

»Keine Sorge«, sage ich. »Wir verraten dich ganz sicher nicht. Vielen Dank, du warst großartig.«

»ABER ICH! ICH WERDE IHN VERRATEN! SOBALD ICH DEN NÄCHSTEN KÖRPER ÜBERNOMMEN HABE, SORGE ICH DAFÜR, DASS LUZIFER DAVON ERFÄHRT! UND DANN ERLEDIGE ICH EUCH EIN FÜR ALLE MA.AAAAAAAAAH!«

Lillys Mund öffnet sich, es ist gleich so weit.

»AARON!«, rufe ich. »JETZT!«

Die Tür meines Kleiderschranks fliegt donnernd auf

und Aaron springt heraus. Noch im gleichen Moment schaltet er den umgebauten Staubsauger an, der wie ein Rucksack auf seinen Rücken geschnallt ist. Er hechtet auf Lilly zu und hält ihr den großen Trichter, den er vorne am Staubsaugerrohr befestigt hat, direkt an den Mund. Als die schwarze Wolke namens Bollock aus ihrem Mund entweicht, wird sie sofort eingesaugt.

»Es funktioniert!«, ruft Gustav begeistert.

»Das wissen wir erst, wenn alles im Staubsauger ist! Staubsauger ist!«, erwidert Aaron.

»Jetzt bloß nicht aufhören!«, rufe ich. »Er muss komplett aufgesaugt werden!«

Der Staubsauger verrichtet mit einem Höllenlärm weiter seine Arbeit, bis Lilly ohnmächtig zur Seite kippt.

»Das war's«, sagt Aaron und schaltet den Staubsauger aus. »Wir haben ihn. Bleibt nur noch die Frage, ob meine Versiegelung funktioniert. Helft mir mal. Mir mal.«

Wir befreien Aaron von dem schweren Staubsauger auf seinem Rücken. Dann öffnet er eine Klappe auf der Rückseite und greift hinein.

»Na, wo ist sie denn?«, fragt er sich, während seine Hand im Inneren des Staubsaugers nach etwas sucht. »Ah, da bist du ja! Bist du ja!«

Er zieht eine silbern glänzende Kugel in der Größe eines Golfballs heraus und präsentiert sie uns stolz.

»Darf ich vorstellen?«, sagt er grinsend. »Das zukünftige und endgültige Zuhause eines Dämons namens Bollock, der garantiert niemanden mehr ärgern wird. Ärgern wird.«

Er gibt mir die Kugel, ich betrachte sie fasziniert.

»Wahnsinn«, sage ich. »Wie hast du das gemacht?«

»Ach, das war eigentlich ganz einfach«, antwortet Aaron. »Ich habe lediglich die Saugleistung auf 1000 Watt erhöht und die dadurch entstehende Hitze im Inneren genutzt, um das Metall zu schmelzen und diese kugelförmige Hülle um den Sauginhalt zu formen. Formen.«

»Genial«, sage ich, als die Kugel plötzlich anfängt, in meiner Hand zu vibrieren. »Oh, da scheint jemand überhaupt nicht glücklich über sein neues Zuhause zu sein!«

»Gewöhn dich dran, du Mistkerl!«, brüllt Gustav die Kugel an. »Du hast ab heute für immer Hausarrest!«

Wir lachen alle ausgelassen und das tut richtig gut.

»Hey, geht das auch leiser?«, beschwert sich plötzlich eine Stimme unter uns. »Mein Schädel explodiert auch ohne euer Geschrei gleich vor Schmerzen.«

»Lilly!«, sage ich erleichtert. »Da bist du ja wieder. Alles okay bei dir? Also, von den Kopfschmerzen abgesehen, meine ich.«

»Na ja, ich glaub schon«, sagt sie und tastet ihren Körper ab. »Scheint alles ganz zu sein. Aber wie bin ich denn hierher… Moment, sagt nix. Ich glaube, ich ahne es. Bollock?«

»So ist es«, sagt Aaron. »Er hatte deinen Körper übernommen. Übernommen.«

»Genau das hatte ich befürchtet«, sagt Lilly, während wir ihr auf die Beine helfen. »Ich hoffe, ich habe nichts Schlimmes gemacht, während er die Kontrolle hatte?«

»Na ja«, sagt Gustav. »Du hast mit deiner Axt nach mir geworfen.«

»Was? Oh nein! Das tut mir leid!«, sagt Lilly entsetzt. »Es ist aber hoffentlich nichts passiert?«

Wir führen sie zum Bett und setzen uns alle gemeinsam darauf.

»Nein, keine Sorge, ich konnte die Axt mit meinen Blitzen ablenken«, sage ich.

»Außerdem warst das ja nicht du«, fügt Gustav hinzu. »Es gibt also keinen Grund, sich zu entschuldigen.«

»Und wo ist Bollock jetzt?«, will Lilly wissen. »Ihr konntet ihn ja offenbar aus mir vertreiben.«

»Hier«, sage ich grinsend und lege die silberne Kugel in ihre Hand. »Er wird nie wieder einen fremden Körper übernehmen.«

»Was?«, fragt Lilly, ungläubig die Kugel anstarrend. »Er ist da drin? Wie habt ihr das denn geschafft?«

Wir erzählen ihr alles, was passiert ist, seit Bollock sie übernommen hat.

»Wahnsinn«, sagt sie, als wir fertig sind. »Ein sehr cooler Plan, Aaron. An deiner Stelle hätte ich mir aber ein anderes Versteck ausgesucht. Eine Stunde zwischen Luzies stinkenden Klamotten im Schrank zu verbringen war sicher kein Spaß.«

»Das stimmt«, sagt Aaron lachend. »Ich habe leider nicht an meine Gasmaske gedacht. Aber ich bin froh, dass alles geklappt hat. Viel Zeit hatte ich nicht, um den Staubsauger neu zu konzipieren und umzubauen. Umzubauen.«

»Zu blöd, dass ich zwar dabei war, aber nichts davon mitgekriegt habe«, sagt Lilly und wendet sich an Auribus. »Vor allem dich als Papa hätte ich nur allzu gern gesehen.«

»Ich würde es dir gern zeigen«, sagt Auribus. »Aber das schaffe ich jetzt nicht noch mal, es war sehr anstrengend.«

»Er war auf jeden Fall ganz großartig!«, sage ich lachend und klopfe Auribus auf die Schulter. »Die Stimme allein hätte wahrscheinlich schon gereicht! Bollock hat sich vor Angst fast in die Hose gemacht!«

»Zum Glück hat er das nicht!«, erwidert Lilly. »Das wäre ja *meine* Hose gewesen!«

»Stimmt«, sagt Gustav kichernd. »Dann hättest du jetzt ein Problem.«

»Braucht ihr mich noch?«, fragt Auribus. »Sonst würde ich nämlich wieder runtergehen und mich ein bisschen hinlegen.«

»Nein, kein Problem, geh ruhig«, sage ich. »Und vielen Dank noch mal!«

Auribus verlässt das Zimmer, wir machen es uns auf dem Bett gemütlich.

»Ihr könnt euch gar nicht vorstellen, wie erleichtert

ich bin«, sagt Gustav seufzend. »Es macht echt keinen Spaß, wenn ein Dämon es auf einen abgesehen hat.«

»Jetzt ist es ja vorbei«, sage ich und wende mich an Lilly. »Gib mir mal die Kugel. Die nehmen wir vorsichtshalber beim nächsten Mal mit runter und geben sie Papa.«

»Äh … Ja, Moment«, sagt Lilly. »Wo hab ich sie denn? Ich hab sie doch eben neben mir abgelegt.«

Sie tastet neben sich auf dem Bett herum, als hinter uns plötzlich seltsame Geräusche ertönen.

CRUNCH! KRRRRMM! MJAM! SCHMATZ!

Wir drehen uns um und sehen Cornibus. Er ist offenbar aufgewacht und aus dem Einkaufskorb geklettert. Und es scheint ihm wieder gut zu gehen, denn er kaut genüsslich auf irgendetwas herum.

»Cornibus!«, sage ich freudig. »Du bist wieder gesund, wie schön! Und Appetit hast du auch schon wieder!«

Ich schnappe ihn mir und kraule kräftig seinen Kopf.

»Cornibus Happetit«, sagt er. »Aber Silberball nicht gut schmecken. Wie Popo von Dämon. Luzie Schlotzolade?«

»Oh, nein!« sagt Gustav. »Er hat Bollock gefressen! Hoffentlich befreit er ihn dadurch nicht!«

»Nein, keine Sorge«, sage ich lachend. »Was einmal in Cornibus' Magen landet, bleibt unwiederbringlich für alle Zeiten verschwunden. Stimmt's, Cornibus?«

»Luzie richtig«, sagt Cornibus und lässt wie zur Bestätigung einen kleinen Rülpser los. »Cornibus' Magen kein Ausgang. Was drin, bleibt drin. Cornibus jetzt Schlotzolade?«

»Aber natürlich kriegst du jetzt Schokolade«, sage ich und greife in meine Nachttischschublade.

Ich ziehe zwei Tafeln aus der Schublade, wickle sie aus und schiebe sie direkt in seinen weit geöffneten Mund. Er fängt an zu kauen und lächelt mit vollen Backen über sein ganzes Gesicht.

»Cornibus wieder schmecken«, sagt er glückselig. »Schlotzolade viel besser als Brollock.«

»Bollock«, verbessere ich ihn. »Aber das ist eigentlich auch egal, der hat sich spätestens jetzt komplett erledigt. Ist wahrscheinlich auch besser so, dann muss ich Papa erst gar nichts davon erzählen. Er würde uns wahrscheinlich nur auslachen, weil wir so lang gebraucht haben, um einen einzigen blöden Dämon zu besiegen.«

»Ihr habt mir ja verboten, die Axt zu benutzen«, sagt Lilly zwinkernd. »Sonst wäre das viel schneller gegangen.«

»Ja, genau«, erwidere ich und zwinkere zurück. »Und wir hätten jetzt einen Klassenlehrer weniger.«

»Der arme Herr Holzapfel«, sagt Aaron. »Er war am längsten von Bollock befallen. Befallen.«

»Ja«, stimmt Gustav zu. »Hoffentlich geht es ihm mittlerweile wieder … Huch, was ist das denn? Spürt ihr das auch?«

Ja, was ist das? Ein Knistern erfüllt das ganze Zimmer. Ich spüre es auf meiner Haut, sie fängt an zu kribbeln.

»Es wird immer stärker«, stellt Lilly fest.

Stimmt, und lauter wird es auch, ein tiefer Brummton breitet sich aus.

»Das ist doch hoffentlich nicht Bollock?«, fragt Gustav ängstlich.

»Unwahrscheinlich«, sagt Aaron. »Es fühlt sich eher elektrisch an. Elektrisch an.«

Plötzlich strecken sich alle unsere Haare zur Decke. Das sieht sehr witzig aus, deshalb muss ich lachen.

»Das ist nicht lustig«, sagt Gustav. »Das macht mir Angst.«

»Das sind nur elektrostatische Aufladungen«, erklärt Aaron. »Die sind nicht schlimm. Zumindest noch nicht. Noch nicht.«

Das Knistern wird immer stärker und lauter. Kleine Blitze schlängeln sich aus allen Wänden.

»VIELLEICHT SOLLTEN WIR LIEBER ABHAUEN?«, ruft Gustav.

»KEINE GUTE IDEE!«, erwidert Aaron. »OFFEN-

BAR PASSIERT UNS HIER GERADE NICHTS. DAS KÖNNTE BEI EINEM POSITIONSWECHSEL ANDERS AUSSEHEN! AUSSEHEN!«

Lilly beugt sich nach vorne und greift nach ihrer Axt, die auf dem Boden liegt.

»EGAL, WAS ES IST, ICH WERDE ES ERLEDIGEN!«, ruft sie.

Sie nimmt ihre Axt in Anschlag und wir starren gespannt auf die Blitze, die immer größer und stärker werden. In der Mitte des Zimmers bildet sich nach und nach ein Strudel aus Blitzen, der auch stetig größer wird.

»DAS SIEHT AUS WIE EIN KLEINER WIRBELSTURM!«, ruft Gustav. »KOMMT DAS AUS DER HÖLLE?«

»NEIN!«, antworte ich. »SO WAS HABE ICH BEI UNS UNTEN NOCH NIE GESEHEN!«

Plötzlich wird es eng zwischen uns. Cornibus hat sich in einen Tiger verwandelt.

»CORNIBUS ZWIEBELTURM FRESSEN!«, brüllt er und faucht wütend die kreiselnden Blitze an.

Der Strudel wird immer dichter und fast schon greifbar.

»SEHT IHR DAS?«, ruft Lilly. »DA IST IRGENDWAS DRIN!«

Sie hat recht, es sieht tatsächlich so aus, als würde sich etwas in dem Strudel befinden, es wird schemenhaft immer deutlicher.

»SIEHT AUS WIE EIN MENSCH!«, ruft Gustav. »ODER VIELLEICHT DOCH EIN DÄMON?«

Gute Frage. Es ist auf jeden Fall eine Gestalt, das wird immer besser erkennbar. Plötzlich lassen die Blitze spürbar nach. Sie werden wieder kleiner, das Brummen wird leiser.

»Macht euch bereit zum Angriff«, knurrt Lilly. »Am besten, wir umzingeln ihn, dann hat er keine Chance.«

Wir springen alle vom Bett auf und positionieren uns rund um die Gestalt, die immer sichtbarer wird. Als die letzten Blitze um sie herum sich auflösen, ist sie deutlich erkennbar – es ist …

»Steven!?«, rufe ich überrascht.

Lilly lässt ihre Axt sinken, Gustav atmet erleichtert auf, Aarons Mund verzieht sich zu einem Lächeln und Cornibus hört abrupt auf zu fauchen und verwandelt sich zurück.

»Ah, perfekt, es hat also geklappt«, sagt Steven freudig. »Genau zu euch wollte ich.«

Er fummelt an einem schwarzen Gerät herum, das er mit beiden Händen vor sich festhält.

»Die räumliche Navigation funktioniert also auch perfekt«, murmelt er vor sich hin. »Kann mir vielleicht kurz jemand die aktuelle Uhrzeit zum Abgleich verraten?«

»Es ist sechzehn Uhr achtunddreißig. Achtunddreißig«, sagt Aaron.

»Ah, okay, danke«, sagt Steven. »Das bedeutet, die Varianz beträgt plus minus eine Minute. Das ist vertretbar, denke ich.«

»Was ist das?«, fragt Aaron und zeigt auf das Gerät. »Eine neue Erfindung? Es sieht aus wie die Fernbedienung für ein Modellflugzeug. Modellflugzeug.«

»Gut erkannt«, sagt Steven. »Aber das ist nur eine alte Hülle, die ich unten gefunden habe. Das Innenleben ist allerdings revolutionär, so etwas gab es noch nie, das ist definitiv meine bislang größte und wichtigste Erfindung.«

»Cool!«, sage ich. »Aber vielleicht erklärst du uns erst mal, wieso du wie ein elektrischer Wirbelwind plötzlich in meinem Zimmer auftauchst? Das war ja kein Teleportieren, das macht nicht so einen Lärm. Wo kommst du denn her? Von unten? Weiß Papa, dass du hier bist?«

»Nein, weiß er nicht«, antwortet Steven. »Ich lasse mich unten gerade … nennen wir es vertreten. Aber deine Frage sollte nicht sein, *wo* ich herkomme, sondern von *wann*.«

Er grinst und zwinkert mir zu.

»Was?«, erwidere ich verwirrt. »Was für eine Frage soll das denn sein? Von wann du herkommst? Das klingt irgendwie nicht richtig, das fragt man doch nicht so. Dafür würde ich in Deutsch eine Sechs bekommen.«

»Das ist absolut korrekt«, sagt Steven. »Diese Fragestellung war bis heute Morgen noch vollkommen falsch. Dank meiner Erfindung ist sie es aber mittlerweile nicht mehr.«

Kapier ich nicht. Gustav und Lilly offenbar auch nicht, sie zucken nur mit den Schultern, als ich sie fragend angucke. Aaron scheint es aber verstanden zu haben – seine Kinnlade klappt fast bis auf den Boden, sein Mund steht fassungslos offen und seine Augen sind mindestens doppelt so groß wie sonst.

»Du … du meinst … du hast eine …«, stammelt er. »Das ist eine … eine …«

»Haargenau«, sagt Steven stolz grinsend. »Das ist eine Zeitmaschine.«

»Das … das ist sensationell! Sensationell!«, sagt Aaron.

»Ich weiß«, sagt Steven und zieht grinsend die Augenbrauen nach oben. »Ich kann es selbst noch kaum glauben. Aber sie funktioniert. Ich komme eben gerade aus dem Jahr 1961. Dort habe ich mir das erste offizielle Konzert von Bob Dylan in New York angesehen. Es war großartig!«

»Das heißt, mit diesem Ding da kann man in jede Zeit reisen, die man sich aussucht?«, fragt Lilly.

»So ist es«, bestätigt Steven.

»Nur einer oder auch mehrere Leute gleichzeitig?«, hakt Lilly nach.

»Genau deshalb bin ich hier«, sagt Steven. »Bisher habe ich sie nur allein ausprobiert. Aber eigentlich müssten alle, die die Maschine gleichzeitig anfassen, gemeinsam auf Zeitreise gehen können. Unten habe ich aber keine Freiwilligen gefunden, die das versuchen wollten. Von daher habe ich mich gefragt, ob ihr eventuell Lust hä…«

»Machen wir!«, platzt Lilly ihm ins Wort. »Wir sind dabei! Auf jeden Fall! Nicht wahr, Jungs?«

So, dann schauen wir doch mal, was wir noch so haben...
?!
?!
Gefällt dir das?
Oder eher so was?

Idee & Text: Till

Zeichnungen: Frey

Jochen Till, geboren 1966 in Frankfurt/M., sitzt seit nunmehr zwanzig Jahren in der Hölle in Abteilung 66 (Schriftsteller und andere Lügenerfinder), von Luzifer höchstpersönlich dazu verdonnert, Kinder- und Jugendbücher zu schreiben. Was der Teufel allerdings nicht weiß: Er fühlt sich pudelwohl dort unten und hat höllischen Spaß dabei.

Raimund Frey, geboren 1982 in Isny im Allgäu, zeichnete bereits im zarten Alter von 5 Jahren seine erste Kuh. Luzifer hielt das Bild für ein äußerst gelungenes Porträt von sich selbst und holte Raimund sofort in die Hölle. Seitdem sitzt er dort und malt alles, was der Teufel von ihm verlangt. Und wenn der Chef gerade nicht hinguckt, zeichnet Raimund heimlich ganz viele Dinosaurier.

Höllisch gute Produkte zu Luzifer junior findet ihr hier:

www.luziferjunior.shop

LUZIFER junior
FREUT
EUCH AUF NEUE ABENTEUER!
HERBST 2021

ISBN 978-3-7432-0565-9

ISBN 978-3-7432-0825-4

70
99
100